谨以此书迎接一个朗读时代的到来

曹文轩
美文朗读
CAOWENXUAN
MEIWENLANGDU

一河大鱼向东游

曹文轩/著

北京大学出版社
PEKING UNIVERSITY PRESS

图书在版编目（CIP）数据

一河大鱼向东游 / 曹文轩著. —北京：北京大学出版社，2009.5
（曹文轩美文朗读丛书）
ISBN 978-7-301-15116-7

Ⅰ.一⋯　Ⅱ.曹⋯　Ⅲ.青少年－小说－作品集－中国－当代　Ⅳ.I267
中国版本图书馆CIP数据核字（2009）第052219号

书　　　名：一河大鱼向东游
著作责任者：曹文轩　著
责 任 编 辑：郭　莉
标 准 书 号：ISBN 978-7-301-15116-7/I · 2102
出 版 发 行：北京大学出版社
地　　　址：北京市海淀区成府路205号　100871
网　　　址：http://www.pup.cn　电子信箱：zyl@pup.pku.edu.cn
电　　　话：邮购部62752015　发行部62750672　编辑部62767346
　　　　　　出版部62754962
印　刷　者：北京飞达印刷有限责任公司
经　销　者：新华书店
　　　　　　730毫米×1020毫米　16开本　9印张　115千字
　　　　　　2009年5月第1版　2012年2月第3次印刷
定　　　价：23.00元（附光盘）

未经许可，不得以任何方式复制或抄袭本书之部分或全部内容。
版权所有，侵权必究
举报电话：(010)62752024　电子信箱：fd@pup.pku.edu.cn

朗读的意义

曹文轩

关于阅读的意义，我们已经有了丰富多彩的阐述：阅读是一种人生方式；阅读是对人的经验的壮大；阅读还有助于创造经验；阅读养性；阅读的力量神奇到能改变一个人的外形；在没有宗教情怀的世界里，阅读甚至可以作为一门优美而神圣的宗教……

可在今天这个有着无穷无尽的诱惑的世界里，人们对阅读却越来越疏离了，甚至连中小学生们都对阅读越来越不感兴趣了。这个情况当然是很糟糕的，甚至是很悲哀的。

无数的人问我："究竟有什么办法让孩子喜欢阅读？"

我答道："朗读——通过朗读，将他们从声音世界渡到文字世界。"

难道还有更好的方法吗？一个孩子不愿意阅读，你对他讲阅读的意义，有用吗？就怕是你说到天上去，他大概还是不肯阅读的。可是我们现在来做一个设想：一个具有出色朗读能力的语文老师或者是学校请来的一个著名演员，在他们班上声情并茂地朗读了一部小说里的片段，那是一个优美的、感人的、智慧的、扣人心弦的精彩片段，那个孩子在不知不觉之中被深深吸引住了，朗读结束之后，他就一直在惦记着那部小说，甚至急切地想看到那部小说，后来他终于看到了它，而一旦他进入了文字世界之后，就再也不想放弃了。于是，我们就可以有充足的理由对这个孩子的阅读乃至成长抱了希望。

朗读在发达国家是一个日常行为。

2006年9月，我应邀参加了第六届柏林国际文学节。在柏林的几天时间里，我参加最多的就是各种各样的朗读会。他们将我的长篇小说《草房子》以及我的一些短篇小说翻译成德文，然后请他们国家的一流演员去学校、去社区图书馆朗读，参加者有学生，也有成年人——不同阶层、不同年龄的成年人。在我的感觉里，朗读对他们而言，是日常生活中一件经常的却是非常重要的事情。四五人、五六人、十几人、上百人坐下来，然后听一个或几个人朗读一篇（部）经典的作品，或一段，或全文。可见朗读在德国这样的发达国家，是一种日常的、同时也是一种非常优雅的行为。

"'语文'学科，早先叫'国文'，后改为'国语'，1949年后改称'语文'，从字面上看，'语'的地位似乎提高了，实际上，'重文轻语'是中国语文教学中的一大弊病。"（刘卓）

"语文语文"，"文"是第一的，"语"是次要的，甚至是无足轻重的。重"文"轻"语"，这是中国的文化传统。中国在很多时候，把"文"看得十分重要，而把"语"给忽略掉了，甚至是贬低"语"的。"巧言令色"，能说会道，是坏事。是君子，便应"讷于言而敏于行"。"讷"——"木讷"的"讷"，便是指一个人语言迟钝，乃至沉默寡言，而这是美德，认为这样的人是仁者。

"水深流去慢，贵人话语迟。"这便是中国人数百年、数千年所欣赏的境界。当然中国也有极端的历史时期是讲究说的。说客——说客时代。那番滔滔雄辩，口若悬河，真是让人对语言的能力感到惊讶。但日常生活中，中国人还是不太喜欢能说会道的人的。"讷"，竟然成了做人最高的境界之一，这实在让人感到可疑。

2008年，美国总统竞选，很让我着迷，着迷的就是奥巴马的演讲。他的演讲很神气，很精彩，很迷人，很有诗意。从某种意义上讲，美国总统竞选，就是比一比谁更能说——更能"语"。我听奥巴马的讲演，就觉得他是在朗读优美的篇章。

说到朗读上来——不朗读——不"语"，我们对"文"也就难以有最深切的理解。

我去各地中小学校作讲座，总要事先告知学校的校长老师，让他们通知听讲座的孩子带上本子和笔。我要送孩子们几句话。每送一句，我都要求他们记在本子上。接下来，就是请求他们大声朗读我送给他们的每一句话。我对他们说："孩子们，有些话，我们是需要念出来甚至是需要喊出来的，而且要很多人在一起念出来、喊出来。这是一种仪式，这种仪式对我们的成长是有用的。"

当我们朗读时，特别是当我们许多人在一起朗读时，我们自然就有了一种仪式感。

而人类是不能没有仪式感的。

仪式感纯洁和圣化了我们的心灵，使我们在那些玩世不恭、只知游戏的轻浮与浅薄的时代，有了一分严肃，一分崇高。

于是，人类社会有了质量。

这是口语化的时代，而这口语的质量又相当低下。恶俗的口语，已成为时尚，这大概不是一件好事。

优质的民族语言，当然包括口语。

口语的优质，是与书面语的悄然进入密切相关的。而这其中，朗读是将书面语的因素转入口语，从而使口语的品质得以提高的很重要的一环。

朗读着，朗读着，优美的书面语在不知不觉中变成了口语，从而提升了口语的质量。

朗读是体会民族语言之优美的重要途径。

汉语的音乐性、汉语的特有声调，所有这一切，都使得汉语成为一种在声音上优美绝伦的语言。朗读既可以帮助学生们加深对文本的理解，同时也可以帮助他们感受我们民族语言的声音之美，从而培养他们对母语的亲近感。

朗读还有一大好处，那就是它可以帮助我们淘汰那些损伤精神和心智的末流作品。

　　谁都知道，能被朗读的文本，一定是美文，是抒情的或智慧的文字，不然是无法朗读的。通过朗读，我们很容易地就把那些末流的作品杜绝在大门之外。

　　北大出版社打造这套丛书，我之所以愿意从我全部的文字中筛选出这些文字，都是一个用意——

　　以这些也许微不足道的文字，去迎接一个朗读时代的到来。

2009年5月8日于北京大学蓝旗营

目录

无身之影/1

    黄狗*（6—8）

    影之舞*（29—34）

药寮/37

    红泥小炉*（45—48）

    城墙落日*（53—57）

莺店/65

    小城金枝*（69—71）

    又遇板金*（93—97）

    天边已见那群鸟*（99—101）

痴鸡/106

    痴鸡（106—113）

荒原茅屋/114

荒原茅屋（114—120）

孩子与海/121

　　孩子与海（121—124）

远去的灵魂/125

一河大鱼向东游/130

　　一河大鱼向东游（130—133）

　　注：目录中楷体字篇目为推荐朗读内容，其中，标有"*"的，为示范朗读内容，正文已配录音。正文中凡推荐朗读的内容均已用楷体字标示。

无身之影

（背景提示：一个叫熄的屠夫在地狱里学会了黑巫术逃回了人间。他使用魔法，攫取了王位，并进行黑暗而残酷的统治，下令销毁所有图书和其他带文字的东西。然而，一部被称为"大王书"的神奇图书却飞走了。放羊男孩茫成了这部书的主人。不愿意接受熄的黑暗统治的人推举茫为他们的首领，组成了茫军，一起反抗熄的黑暗统治。茫军和熄军的第一场重大战役发生在金山。）

1

茫军如期抵达金山，那天晚上，一弯下弦月，犹如一枚鲜亮的徽记印在深蓝色的天幕上。

不远处，便是金山。那山虽不算雄奇，但却显得十分威严。它矗立于夜空之下，边缘清晰，线条冷硬，犹如巨斧劈出的一般。

茫军将士抵达山下时，有很长一阵时间，都默然无语地仰望着它。

一场又一场残酷的战役，一条又一条生命的死亡，斗智斗勇，浴血奋战，终于打到了金山脚下。不久，就会有成千上万双眼睛重见天日，恶梦般的无明之暗即将成为昨日。作为王，作为大军总帅，茫的心中一派大喜悦，但也感慨万千。不知为什么，望着那山，他竟然泪流满面。

他有点儿不敢回首走过的漫漫长路。

第二天早晨，他是在一片惊讶和感叹之声中醒来了。

他问卫兵："外面怎么了？"

卫兵兴奋得有点儿结巴："山！那……那座山！"

茫穿好衣服，走出军帐。当他举目眺望前方时，便觉得有万道金光朝他汹涌而来，不禁连忙用手遮在了眼睛上。好一会儿，他的眼睛才慢慢适应了眼前的光芒。

太阳下，那山居然真是金色的，整个大山便是一块巨大的金矿石。

山上无一棵树，也无其他花草，只有清一色的野菊花。还未开放，无数的圆溜溜的花蕾在晨风中摇晃着，仿佛摇曳的烛光。

山头有块岩石，岩石上放着一个扎了口的布袋，布袋旁守着的便是那只传说中的狗。

那狗前腿立着蹲在地上，一副忠心耿耿、神圣不可侵犯的神气。

因为有一段距离，茫并不能很清楚地看到狗。

这是怎样的一条狗？

他很长时间都在看这条狗，他觉得这条狗也一直在看着他。人的目光与狗的目光相遇了，并交织在了一起。某个片刻，他的心一阵发颤。

他决心不再与那来自山头的目光角力，转过身去，往一片白桦林走去，那里有一口温泉，他要在攻山之前好好洗一洗多日的征尘。

这是怎样的一条狗？

秋天的白桦林，才叫白桦林，根根树干，根根白色，像裹了一层白纸，那白纸经风所吹，许多处破了。

那口温泉在水池里翻滚着，像有大鱼，水池的上空飘着烟样的热气。

茫让卫兵守着路口不让别人过来，自己独自一丝不挂地浸泡在温暖的泉水里。

不远处，有士兵在问柯："将军，何时攻打山头？"

柯答道："等待大王的命令！"

茫不急于攻打山头，他只想沉浸在攻打前的宁静里。他要尽量延续这番宁静。这番宁静让他感到心里很舒服。长途跋涉，一路劳顿，他也累了，他要好好歇一歇。

这是怎样的一条狗？

他被热气包裹着，透过热气，他看到了一轮干净的秋阳。此时，那秋阳毛茸茸的，竟然像深夜时的月亮。

他尽可能地将身体埋进泉水中。

因为泉涌的缘故，那一池水在不停地流动，仿佛有柔软的布在轻轻搓擦他的身体，这使他感到十分的惬意。

他闭上了眼睛。

这是怎样的一条狗？

他很生气地挥起双拳，猛劲砸向水面，激起一团团水花。

四周一片安静，秋天的安静最使人心醉神迷。

他倚在一块滑溜的岩石上，舒展开身体，让自己睡去了。

这是怎样的一条狗？

在通向睡眠的半途中，他又慢慢地睁开了眼睛。

阳光下的热气是淡蓝色的，像一团团蓝色的纱飘在空中。

他用嘴吹着，眼前的雾气便开始滚动起来，这使他觉得很有趣，便不停地吹。因为他的吹气，整个池上的热气都受了惊动，改变了原有的状态。

这是怎样的一条狗？

他霍然一跃,从水池里站了起来。

他的脑袋钻出了热气,膝盖以上,他身体的大部分都暴露在阳光下。

他开始用手搓擦自己,身上的污垢很容易地就被搓起,搓成条条,搓成球球,纷纷滚落下去时,他愣是觉得自己听到了水声,不禁傻笑了起来。本就被泉水泡得发红的身体,经过一番搓擦,更加红了,仿佛是一个刚刚脱胎而出的婴儿。

他的手游走着,碰到了腰间的小家伙。

小家伙像他的人一样,也一天一天地长大了,并且变得越来越有劲了。

一阵害臊袭上心头,浑身血液鼓荡。他双手捂在了腰间,看了看四周,见只有一棵一棵安静如睡的白桦,才慢慢将手拿开。

这是怎样的一条狗?

他扑进泉水里,并将脑袋深埋在水中。

这是怎样的一条狗?

他感到了窒息,却还坚持着,直到觉得自己马上就要死去了,才突然挣出水面。他大口大口地呼吸着,胸脯起伏不宁。

自从看到那条狗之后,那狗就开始纠缠着他,就像藤蔓纠缠一棵树。

这之前,他听到了太多太多的关于这条狗及其他三条狗的传说。

都说这条狗是被巫师团施了大魔法的,魔力无穷,不可思议。那些传说给人一个印象:茫即使能攻到山下,也不能攻到山上,茫军九死一生打到山下,其实并无多大意义。

当然,茫军是不可能相信这一点的。

柯不信。

茫更不信。

茫穿好衣服，走出白桦林。他觉得自己的身体减轻了许多分量，走起路来非常的轻盈。

他让卫兵叫来了柯，然后对他说："明天凌晨，发起攻击！"

2

睡觉之前，茫随意打开了大王书，脑袋一歪，他于无意之间看到了一幅图：一个人在地面上留下了三条长长的影子。他很想看清楚这究竟是怎样的一个人，但那个人却已基本上走出了画面，只在右上角留下了左腿的小腿和右脚的脚后跟。

那条腿和那只脚后跟都十分完美。

留在地面上的三条影子非常迷人。

茫没有去深究这幅图的含义，而是完全被优美的影子吸引住了，他双手将大王书举了起来，想从另一个角度来欣赏，但一忽闪，大王书便干干净净，了无痕迹。他试着慢慢将大王书降了下来——当降到原来的位置时，那腿，那脚后跟，那三条影子便又显现了出来。

茫感到好奇，便不断地变化角度，最后，他得出一个结论：只有一个角度可以看到里面的图像，而这个角度完全是他在偶然间发现的。

他将此事看成是大王书的一次不经意的显示，再说，此时他也不需要它对他作出什么指引。

他将大王书合上了。

大战前的夜晚非常宁静。

不远处的树林里，有一只宿在枝头的鸟可能做梦了，以为此刻是在白天，鸣叫了起来，几声之后，终于迷迷糊糊地知道自己叫错了，有点儿不好意思，便不再叫了。

茫仿佛看到了那只鸟收了收怕冷的翅膀又进入梦乡时的神态，心里不禁笑了起来。

此后，他有很长时间未能入睡。

再过几个时辰，攻克金山的战斗就要打响。这是茫军要攻克的第一个山头。如果能够顺利拿下，他要做的事情就已经完成了四分之一。金山如果能够顺利攻克，那么银山、铜山和铁山也就能够顺利攻克。当所有这些山头都被攻克，他将永远丢弃那支剑，然后找到瑶和羊群，开始他所喜欢所向往的生活。他很想瑶。他要和瑶永远在一起，走过一座座森林，走过一片片田野和一片片草原，一直走到天地尽头、生命的尽头。

窗外，今夜的弦月像一只拉满了弦的弓。

拂晓时分，号角吹响。

五十名突击队员轻装上阵，开始冲向山头。

后面跟着的茫军漫山遍野。

黄狗

那条狗早已觉察到了动静，但并没有立即起身，而是依然卧在地上，只是偶尔将眼皮抬起，看一眼正在向山头而来的茫军。它不屑一顾地用眼皮眨了一下茫军，它对自己的这一动作十分欣赏，于是又来了几次。"这些两条腿的动物，终于来了！"

它偷空斜瞥了一眼那只静穆的布袋——它依然安放在岩石上。自从它放置在岩石之上直到此时，几度春秋，风风雨雨，它就一直安放在那里。

它并不清楚这只布袋的含义与价值，也不知放置这只布袋的人的邪恶与阴毒。它只知道守着——用身家性命守着。它听从它灵魂的召唤，而灵魂又听从了什么召唤，它无从知晓，它也不会为此而深思。像所有的狗喜爱看家一样，这座山，就是它的家，而这只布袋便是这家中唯一的财富。它从不远游，它活动的半径，始终以看得见布袋来划定。它记不得自己究竟来自何处、过去的主人是谁,它只知自己是一条狗,一条重任在身的狗。

脚步声已经清晰地响在了它的耳畔。

它还是伏在地上,但脊梁上的毛已慢慢开始竖立起来。

它又闭起了那双眼睛,只留了一道黑色的缝。

这些年,它很孤独,只有山与布袋。有时,会走过几只长得很像它的狼,它便会有一种兴奋,但那些狼看到它之后,便情不自禁地哆嗦,然后在草丛中矮下身子逃跑了。无边无际的孤独——孤独太大了,有点要让它发疯了,但它慢慢地习惯了。它可以歪着脑袋看天空流动着的云,想象它们飘到一个世界又一个世界。它可以撵起一只小小的土拨鼠,在山坡上追逐它。追上了,它就用它的一只爪子很温柔地将它按在地上,听它恐怖地吱吱叫喊,然后将它放了,再去追赶。一次又一次地耍弄它,直到它精疲力竭、半死半活时,它才看一眼天空,然后用嘴将它叼住,慢慢回到口袋旁,细细地品味它。

现在一下子居然来了那么多的两条腿的动物,这使它激动不已。

爬到某一个坡度时,突击队员像听到了命令似的,在同一时间点上,全部停住了。他们一个个弓起身子,目不转睛地朝山的顶端看着。

它却慢慢地站了起来。

在突击队员的感觉里,它的站立可以用一个词形容:耸立。

它的这一耸立,使这些突击队员心头为之一颤,身体不禁弓得更深了。

后面的大军也都站住了。

正是太阳初升时,那山竟一派灿然。

突击队员们已经清清楚楚地看到了它:

一身金黄色的毛,个头要远远大于一般的狗,看上去非常瘦弱,但

又正是因为这种瘦弱，却更显得暗藏杀机。大概是吸纳了山野的精气，那对鼓溜的棕色眼球，喷射出来的竟是令人不寒而栗的光芒。

阳光下的山头，它更像一尊雕塑。

已是一个理想的射箭距离，五十名突击队员一起从腰上摘下弓，一起从箭壶中拔出箭，一起将箭搭在弦上，一起后倾着身体拉满了弓……

黄狗在喉咙呜咽着，一身金黄色的毛，刚才还在风中摇摆，此时则根根如针，一时间周身金光，竟如燃烧的烈焰。烈焰之外，热气如雾，那雾里的天晃动着如波浪不宁的海面。

弓在突击队员的手中颤抖着，弦在风中嗖嗖作响。

领头的一声"放"，那五十支箭嘶鸣而去，直奔那团金色的烈焰。

随即看到的情景令突击队员们瞠目结舌：那些箭一经烈焰，即刻弯曲，并很快熔化，软绵绵地落在地上。

又一番箭射。

落得的却是此番情景的又一次重现。

突击队员们你望望我，我望望你，一时不知进退了。

后面的茫军不很了解这里的情形，对突击队的迟缓不进十分不满，便在后面嚷嚷了起来。

突击队员们回首看着那些向他们投以轻蔑眼光的将士，再去看看眼前那条狗，木头一般杵在山坡上。

后面的茫军便开始嗷嗷嗷地叫起来，大声轰他们。

一骑疾风般跑了上来，马上的传令兵大声道："柯将军命令你们立即前进！"

突击队员们重鼓勇气，扔掉弓箭，改换大刀，呐喊着向那狗扑去。

他们身后，杀声震天。

随着突击队员们的逼近，黄狗的身体在慢慢地后倾，呈现出一副随时反扑的姿势。当第一支闪亮的长矛直抵它的咽喉时，它一跃而起，随即，只见金光一道，那个手持长矛的突击队员还未等反应过来，腿上早便被它狠狠咬了一口，一股钻心之痛使他摇晃了几下，扑通一声栽倒在地。

接下来的情形是：不见黄狗的形状，只见一道金色的闪电忽东忽西，忽上忽下，在众人眼前画出令人眼花缭乱的金线。

转瞬间，五十名突击队员皆被咬着，全部倒在了山坡上。或是因为坡陡，或是因为疼痛而打滚，五十个人蜷成五十个肉团，骨碌碌从上面滚了下去。

那黄狗这才又成为一条黄狗。

它的嘴角上滴滴答答地流淌着人的鲜血。

五十名突击队员滚动而下时，山坡上流下了道道血迹。

黄狗看着人山人海的茫军，非但没有后退的意思，反而在用舌头舔净了嘴角上的鲜血之后，朝茫军不紧不慢地跑了过来。

顿时，茫军像炸了窝一般，丢盔弃甲，纷纷掉头往山下跑去。一些勇武的，坚持着朝黄狗放了几箭，见根本无法伤及黄狗，也只好跟着人潮往下涌流。

茫和柯骑着马坚定地立在人潮中，这才抑制住茫军的溃散。

柯命人将那五十名突击队员全部背下了金山。其中有三四个被黄狗咬断了喉咙，早已断气了。其余的，哀绝的呻吟此起彼伏。

黄狗将毒汁注进了他们的血液。

军心惶惶，当天再也没有组织进攻。

这一天，秋阳高照，天高云淡，但对一路风风火火而来的茫军而言，这一天却无疑是黑色的。

深夜，突击队员的痛苦喊叫，响彻夜空，令人心碎。

同时传来的,是那黄狗仰望月亮的几声响亮的吠声。

拂晓前,所有突击队员都已死去。他们最后的形象令人不忍目睹:或抱着一棵大树,或将脑袋塞在岩石缝里,或将头抵住土地而将双手深深抠进泥土,或用一把匕首插进了再也无法忍受煎熬的心脏……

恐怖弥漫在每一寸空气里。

3

黄狗毫无理由地守着那只神秘的口袋,忠贞不渝地看守一件与它无关的东西,这是狗的天然本性。

它守着这只口袋,也守着这片旷世的荒寂。

现在,这片荒寂被那些两条腿的动物打破了。它很兴奋,但又有点儿不习惯——它事实上已经习惯了这片荒寂。难熬时,它以自己的吠声安慰自己。清静像荒无人烟的林间的一汪湖泊,它喜欢上了这一湖泊。湖泊里有天,有云,有飞鸟,有它,有倒映在水面上的白桦——风吹水皱时,那白桦变成了白色的梦。现在,不知从何处而来的那么多的两条腿的动物,竟然往湖泊里投石头,将一番清静打碎了。它很不安,并且有一种愤怒像春天的草芽在心底拱动。

它守在口袋旁,眼神变得狞厉而庄严。

它知道,那些两条腿的动物们不可能善罢甘休,他们一定还会卷土重来。重来就重来吧,我不会让你们取走这只口袋。口袋就是我的命,我的命就是口袋。

它回味着那咸丝丝的血的气味,这种气味已经久违了。它喜欢这种气味,因为这种气味会使它热血沸腾,情绪高涨。几乎荒废的肠胃,又开始了熊熊的欲望。它们像干涸多年的河道,在渴望着流水的湿润。当血液喷射到它的口中时,它听到枯肠焦胃的欢呼。

咬死你们——两条腿的家伙!

它在等待。

茫军一连几天都不能从恐怖中解脱,迟迟不敢发动新一轮的攻击。

黄狗不免有点儿失望。

茫也很失望——对他的军队失望。这些紧紧跟随他的将士们,在以往的征战中,刀山敢上火海敢闯,从不知何为畏惧,而现在却在面对一只狗时恐惧得不能自拔!真是太没有出息了!

他对所有的将士都没有好脸色。

柯说:"大王,你要体谅将士们,因为他们现在面临的是一条狗!"

"正是因为那不过是一条狗!"

"大王,他们以前对付的是人,他们深知人的德行、秉性与能耐,而现在他们对付的是一条狗,一条非同寻常的狗,他们根本无从掌握它。你瞧瞧它,它是怎么杀害我们的士兵的!防不胜防啊,我的大王!"

茫无话可说。当恐怖像瘟疫一般流播时,他自己也害怕了起来。特别是夜深人静之时,那黄狗无端的几声吠叫,会使他不禁收缩起身体。

谈狗色变。

柯宽慰茫道:"恐惧会过去的,因为它毕竟是一条狗。"

又过了不少天,茫军终于发动了新一轮攻击。这一轮攻击是茫军作战史上的一次规模宏大的攻击。

为了这次攻击,茫军处心积虑。

茫军动用成百上千的工匠,做成了一道长达数丈的铁网。在制造这张铁网的日子里,有数十座用于冶炼的炉子,昼夜不停地燃烧,夜间,火光映红了半边天空。无数的铁锤在砧上叮叮当当地敲打,使这片旷野

变得十分的喧闹。

铁网由成千上万只铁环相连而成，能收能展，能屈能伸。

攻击是在太阳升起后开始的。

数百名身强力壮的士兵，用特制的长矛挑起铁网，高唱战歌，缓缓往山头进发。后面则跟着一排又一排同样手持长矛的士兵。茫军的战术是：用铁网阻挡住黄狗的扑咬，铁网这边的士兵随时将长矛从铁网的网眼中捅出，直刺扑到网前的黄狗。

从一旁看上去，铁网犹如一道移动的铁栅栏。

阳光下，这道铁栅栏非常壮观。

"这是什么玩意儿？"黄狗伏在岩石旁想，"这些两条腿的家伙在耍什么新花招？"

战歌嘹亮，并充满杀气。

茫在柯的陪同下，骑马行进在队伍的后面。

黄狗看了看身旁的口袋，威风凛凛地站立起来。它若有所思地看着那道铁栅栏以及铁栅栏后面的茫军。铁网将影子投照在那些士兵身上，仿佛穿上了带格的戎装。

铁网跟着颤抖的长矛在颤抖。

战鼓如雷，在山坡上滚动，满山的野菊花在风中摇晃。

黄狗开始劲喷鼻息，不一会儿就将岩石上的尘埃与草屑吹得干干净净。

无数的长矛在阳光下闪烁，犹如天空正坠落晶莹多芒的冰雹。

每一支长矛都带着一个血腥的欲望：直插那黄狗的咽喉！

黄狗的嘴角流出一串白色的黏液，肚皮起伏的幅度愈来愈大，注意力也愈来愈集中了：猛地扑咬那些两条腿的家伙！它听到了辘辘饥肠的呐喊——嗷嗷待哺式的呐喊。它用鲜红的长舌在嘴角边卷了卷，将流淌着的黏液统统卷进了冒着青烟的喉咙。

铁网咣当咣当地响着。

突然,队伍停住了,刹那间世界一片寂静。

接下来,几乎是在同一时间,双方开始冲击。咣当咣当的铁网声急促地响着,黄狗的喘息声完全被淹没了。

一瞬间,黄狗已经扑到铁网上,这个愣头愣脑的家伙突然受阻,脑壳碰在铁环上,震得脑袋一阵轰鸣。在它几乎跌倒之际,一支长矛唰地从铁网的网眼中直向它的额头刺来,它身体一歪,额头躲过了长矛,但它的肚皮却被刺中了,鲜血立即流淌了出来。那长矛刺入不深,对它的行动并未构成太大的影响,它随即一跃,高高跳起,又躲过了几支长矛后,落到了一边。

它颈上的毛根根竖立,一边用眼睛瞪着逼它而来的铁网,一边向后退却。

柯观望着,对这样一个局面感到十分满意。他朝茫笑了笑,但茫却显得有点儿无动于衷地看着前方。

黄狗一边退却,一边在瞅机会。

看到不可一世的黄狗在向后退却,少数士兵胆大了,为了更有力地刺杀黄狗,竟然走到离铁网很近的地方。

黄狗在心里笑了。它看着几条在铁网前走动的腿,又开始了闪电式的袭击,就在谁也没有看清它的动作时,它的长嘴巴已经伸过网眼,用锋利的牙齿刺入了两个士兵的腿肉。随着两声哀鸣,长矛落地,他们跌倒在地。

但队伍依然在移动的铁网后继续前进。

黄狗在网前又开始了它特别的奔跑,结果是只闻其声不见其形。留在士兵们瞳孔里的,只是一些曲折环绕的金黄色的线条。

没有人再敢靠近铁网。

黄狗除了用嘴咬，还会将爪子伸过网眼撕烂人的皮肉。

又有十余人倒了下去。

黄狗奔跑所带起的阵阵阴风，透过网眼，吹到了士兵们的身上，风力之大，能使他们身体摇晃。

用长矛挑着铁网的士兵，由于害怕黄狗的利齿与利爪，只好尽可能地将握长矛的手挪向杆子的后端，然而这样下去不多一会儿，便渐渐觉得无力挑起铁网了——那铁网越来越沉，像有股力量拼命向下拽着。

有两个士兵手腕一软，装有长矛的那一端忽地耷拉下来，那铁网也随之滑落，幸亏黄狗此时不在此处，幸亏两旁的人拼命将自己手中的长矛保持在一定的高度上，不然，黄狗就会从这一缺口扑咬进来。

茫见此情形，下令组成梯队，每隔一段时间轮换一次，以始终保持铁网悬挂在空中。

队伍缓慢行进，但离山头却越来越近了，那只口袋已历历在目。

黄狗的呜咽声越来越大。它的身体，又有几处因茫军士兵的胡乱刺杀而受伤，金黄色的身体已是血迹斑斑。但它没有畏惧，相反，它正将所有的野性与魔力聚集起来，准备着一次猛烈的反扑。

茫军的军歌变成了嗥叫。

甚至连茫也加入了这令人灵魂颤抖的大合唱。

胜利仅剩一步之遥，茫军将士，从上到下，群情激昂。

黄狗不管铁网的缓缓移来，将整个身体匍匐于地，并闭起双眼。狗有九命，但有八条潜伏于大地。黄狗不管将来，它要一次借用，将九命合为一命。它虔诚地在心中祈求：来吧来吧，那八条命！

咣当咣当——

它觉得有一股一股的气正从大地深处向它的身体涌动，它的身体在鼓胀。

当一支长矛穿过网眼，直刺它的咽喉时，它几乎是从地上弹到了空中。落地后，它以更快的速度在网前狂奔不止，茫军眼前，金箭乱射，弄得他们一个个心慌意乱。他们聚精会神，企图用目光捕捉住它的形态，但却怎么也看不到它的影子。

那张铁网就这样悬挂在空中。

终于又看到了黄狗。

骑在马上的柯突然一声吼叫："用网网住它！"

他的话音刚落，那网就忽地罩了下去——那黄狗竟然被网住了！

茫军无比兴奋。

黄狗在铁网中挣扎着，铁网起伏，当当作响。

无数的长矛刺向了黄狗，转眼间就鲜血淋漓。

黄狗向前奔突着，将铁网拖向前去，但就是不能从铁网中挣脱出来。

看上去，胜利在望。

可就在此时，那黄狗张开大口，亮出白生生的利牙，竟开始咬噬铁环，就听见咔嗒一声，一个铁环便被咬断了，接下来又咬断了几个铁环。随即它吐掉了嘴里的断牙与鲜血，不顾无数长矛的刺杀，猛然一挣，无数铁环被挣开了。它一头穿出豁口，冲进茫军阵中，随即开始了疯狂的扑咬，茫军顿时乱作一团。

它又开始了闪电式的攻击。无形的它，像一潭混水中的鱼，谁也不能发现它，而它却一刻不停地在迅疾穿梭，碰到谁，无论是什么部位，张口就咬，那毒汁立马放射至全身，一具具躯体嘭嘭倒下，山坡上到处在流血。

黄狗有一个古怪而恶毒的念头：用这帮两条腿动物的鲜血浇灌终年

不雨的金山!

芒军迅速溃散。

黄狗终于停顿了下来,犹如大雾散尽,骑在马上的芒终于又见到了黄狗。

遍体鳞伤的黄狗,望着芒。

芒也望着黄狗。

突然黄狗向芒扑了过来。

芒迅速拔出剑来。

一道森然寒光震惊了穷凶极恶的黄狗,但它还是扑上来对着芒的坐骑的右前腿大咬了一口。那马一惊,蹦跳起来,但一忽儿便轰隆一声倒下了。芒从马背上跌落在野菊丛中,无数的士兵见罢,惊呼一声"大王",不顾一切,一拥而上,围在了芒的四周,手中的剑、长矛以及其他武器一起挥动,犹如一股旋风环绕在芒的周围,这一回倒使黄狗感到了眼花缭乱,呜咽了几声,一瘸一拐地退回到了山头。

芒军全部撤下金山,山坡上留下一具具尸体。

黄狗一边用舌头舔它的伤口,一边死死守着那只口袋。

挂着血珠的野菊花的花蕾,在秋风里变得越来越饱满,显出马上就要咣当一声开放的样子……

4

彻夜,黄狗都在哀鸣。

彻夜,芒的马都在哀鸣。

都以为芒的马活不下去了,但天亮以后,人们发现它居然没有死掉,只是眼角上有因一夜疼痛而留下的泪痕。它似乎十分疲倦,但死亡的影子显然在离它远去。凡被黄狗所伤的人,都无一例外地死去了,茫的马存活下来,算是一个奇迹了——马毕竟是马。

天亮后,黄狗也停止了哀鸣,它的眼角上也有泪痕。阳光下,它睡着了,但两只耳朵却一直支棱着。

这一天的金山,笼罩在激烈杀戮后的无边寂静中。

茫想到了大王书,他将它打开,反复寻找它的启示,但却一无所获。

中午,他走在林子里,愣愣地对着自己的影子发呆。走着走着,他突然想到了大王书中的那三条神秘的影子:难道这就是它要告诉我的吗?

但他一时无法读懂它的意思。

他把他在大王书中所看的说给柯听,柯也不能破解。

晚上,柯来了,他对茫说:"大王,可不可这样来理解:只有这个三影人可以杀死那只黄狗。"

茫的心头为之一亮,但那亮光瞬间又归于黯淡:"天下怎么可能有三条影子的人?!"

但柯却坚持道:"也许会有的。"说完,他便转身走了。

茫知道,他一定去张罗着寻找那三影人去了。他没有阻止柯,他甚至也相信了柯的解读。在茫的心目中,柯同样是神秘莫测的,甚至他的那条灰犬也一样。

他目送着柯渐渐远去。

不远处的山冈上,是柯的那只灰犬。

有士兵办完事从后方回来,正在路上走着。

茫走上前去想打听瑶和他的羊群的情况,但那士兵说后方太大,他没有见到瑶和羊群。但他告诉茫,有一批运送粮草的人正从后方赶过

来。

茫失望了一阵，又去看远去的柯，但他的眼前却是那条灰犬，而并不是柯。然而，当他抬起双目去看那山冈上的灰犬时，他看到的却是柯。他一时非常惶惑，怀疑是自己的眼睛出了问题，便用手去揉搓自己的双眼，而这一回他看到的却又是柯正在前头走着，那条灰犬依旧一动不动地立在不远处的山冈上。

他神情恍惚地看着：灰犬迎着柯，从山冈上跑了下来，然后，他们一起走进了一片林子，树影零乱，一会儿是柯，一会儿是灰犬，一会儿是柯和灰犬……

直到心里再度想起三影人，他才将目光收回。他在心里对自己嘲笑了一句：你呀，完全被那条黄狗搞得神经错乱了！心里头又尽是那三条影子在晃动了。

此时的柯，心中只有一个念头：找到三影人！

从茫告诉他在大王书中看到那幅不可思议的画面的那一刻起，他就没有怀疑过这三影人的存在，并肯定地认为这三影人就是茫军灭杀黄狗攻克山头的唯一希望。他派出九九八十一支寻找三影人的特别队伍，出发往东南西北八十一个方位，进行拉网式的搜寻。接下来的日子里，他便是在金山脚下焦急地等待搜寻的消息。茫军将士看到，那些天，他和他的灰犬从早到晚守在一座山冈上，眺望着数条通往各处的路。

满山的野菊花，摇曳着愈来愈鼓溜的花蕾，仿佛随时都要一朵朵地爆炸。

寻找三影人的队伍临行前得到过命令：必须在野菊花开放之前赶回金山。

在柯焦灼不宁的日子里，茫倒是心情不坏。因为后方得到柯的命令，瑶在周密的保护下，跟随运送粮草的队伍，来到了分别数月的茫的面前。瑶到达金山脚下，是这天的上午。太阳已经升得很高了，但茫还在床上。这些日子，由于过度的焦灼，他显得有点儿萎靡不振，一天里头，有许多时间茶饭不思，只知在床上蒙头大睡。

柯领着瑶来到了茫的军帐。

茫已经醒来，但还目光呆滞地躺着。

"大王，你看谁来了？"柯将瑶暂且藏在身后。

茫微微抬起身体，疑惑地望着柯。

柯一闪身，瑶亮闪闪地出现在了他的眼前。他怀疑自己是在梦中，不住地眨巴着眼睛。

瑶看到茫赤着胸脯，羞涩地一笑，低下头去。

茫终于相信了：站在门口的就是瑶！他连忙将被子拉起，遮住了自己的胸脯。

柯一笑，道："这些天，看来是不能攻打金山的，你们可以成天待在一起。"说罢，转身走出军帐外。

瑶微微扭过头去。

茫赶紧穿衣下床。

瑶一直站在那儿微笑。

惊慌失措的茫也不时地冲她一笑。

胡乱地将自己收拾了一阵，茫终于可以仔细打量瑶了：高了，瘦了，像一棵秋天的树。

自此，他们不受任何惊动地一连几天待在了一起。茫军将士不时看到他们或互相追逐着，或肩并肩，或一前一后，或手拉手出现在树林里、大河边、草地上。他们的不时出现，也缓解了茫军将士的焦灼。他们从心里希望：自此，就不要再将瑶送回后方了。甚至有几位将军准备在攻克金山后一起向柯请求将瑶留下来，留在军营中，留在茫的身边。

他们由衷地喜欢看到这对小儿女在一起。

那天黄昏，一个满头白发的老兵，看到他们头挨着头，安安静静地坐在不远处的山冈上，竟然泪水盈眶。

柯甚至也动摇了：大王他已经长大了，也许让瑶留下来，并不是一件坏事。

他对瑶充满了爱怜，见到她，他的心会变得柔软。他深知，谁见到她，心都会变得柔软。也正是因为他知道这一点，他才在当年决定将她与茫分开。因为，他心中的王，应当是坚忍的，甚至是冷酷的；王是不可沉湎于那样一种状态的。

但是，现在情况似乎不同了：他的王不再是过去那个顽童了，不再是一个容易迷失的男孩了；他的王正一天一天地变得英俊，变得刚强，变得沉稳和足智多谋；更重要的是，他的王已在灵魂深处知道了不可违逆的天意与神圣的责任。

他的王，正在一天一天地变得成熟起来。

他可以考虑让瑶回到茫的身边，甚至是永远回到他的身边——攻克金山之后，他就宣布这一决定。

然而，何时才能攻克金山？

寻找三影人的队伍按照时间规定陆续返回金山脚下。

一无所获。

还剩八支队伍未归。

希望越来越小。

山头上，那黄狗又有了精神，不时地仰起脑袋来吠叫，那样子不像狗，倒像狼。

人心惶惶。

最后八支队伍中，只有一支队伍带回一个消息，但这消息依旧令人担扰：一支东去的队伍寻找到了一个人，但这个人别说有三条影子，连一条影子也没有，即使走在明晃晃的太阳底下，也不见身影。

此人是一个老头。

柯当即见了这个老头。老头很瘦，秃顶，双目失明，眉毛浅淡得几乎只剩眉骨，光溜溜的下巴，整个看上去像条泥鳅。柯让他走在阳光下，果然只见其身，不见其影。众人看罢，十分愕然。

柯对这个怪异之人能否成为黄狗的克星，毫无把握。但他还是决定尽快试一试。第二天，茫军再度集合开始攻击。老者在前，茫军在后。柯给了他一把刀。老者说："我已记不得杀过多少条狗了，如今虽说眼睛瞎了，但对付一条狗还是可以的。"他把亮霍霍的刀舞了舞，"我不信天下有什么不一样的狗！"他走在队伍前头，有人在他后头指挥他往哪儿走。

天空一轮大太阳。

黄狗身上、心里都暖洋洋的。野菊花马上就要开了，空气里已有淡淡的菊花香。它嗅着空气，身体虽然伤痕累累，但心里却万分愉悦。

无影老者握着大刀，摇摇晃晃地走上来。

鸟有影，花有影，刀有影，马有影，人有影，旗有影，就是唯独他没有影。

黄狗很纳闷：那大刀的影子又在花丛里晃动着，而那握大刀的人，他的影子哪里去了呢？

茫军到达一定的距离时停住了。

只有无影老者挥舞大刀，在他人指挥下不停地往山顶走去。

他有点儿害怕，便掉过头来看，其实什么也看不见，但知道后面跟了许多人，心里就感到很踏实。

再往上走，他便开始气喘吁吁地唱歌，唱的什么，谁也听不懂，也

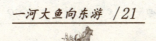

听不清。

黄狗扑答扑答地扇着耳朵，前爪在岩石上不住地摩擦着。

无影老人往上走，后面没有人声，太寂静，就一个指引他行进方向的声音，更显得天地间空空荡荡。

大刀的影子，像只黑色的鹰。

黄狗很迷惑，双眼死死地盯着"黑色的鹰"。

但它很快纠正了自己：看它干什么，看人，看那个秃头老东西！

"秃头老东西"不停地走着。

黄狗喷了喷鼻子，警告他。

他居然没有放慢脚步：我杀过那么多条狗呢！他看不到黄狗，但他能感觉到它所在的位置。他突然大叫了一声："我要你的眼睛！"挥舞着大刀，直扑黄狗。

黄狗见罢，往空中一跃，随即落下，将老者扑倒在花丛里。

事情的结束，比柯想象的还要快——黄狗残忍地咬断了老者的脖子，血喷了它一脸。

血珠溅在了它的眼球上，太阳也是红的，它很兴奋，丢下可怜的"秃头老东西"，在坡上又蹦又跳，气焰极其嚣张。

所向披靡的茫军，面对这条狗却是一筹莫展。

只好撤军。

那黄狗并不追来，而只是汪汪狂吠，恰似声声嘲弄。

有探马报来消息：熄率十万大军，正从王城向金山进发，发誓要将茫军一举歼灭于金山脚下。

情势十分危急。

迫不得已，柯与其他将军们正在商讨暂时放弃金山、另作他图的计划。

但茫得知后却坚决地否决了他们的想法。他一字不落地记得大王书上那句斩钉截铁的话：见漫山遍野菊花盛开时，必克金山！

"可我们实在无力攻克，大王！"柯说。

"那是你们将军的事！"他走了，但走了几步之后又回过头来说，"让人将她送回后方吧。"他看了一眼在不远处正等着他的瑶。

"知道了，大王。"

茫觉察到了事情的严峻，不可再久留瑶了。他要将她很快送到安全的后方，分手的日子马上就要来到，他朝瑶走去，心里不禁十分难过。

他和她一起走进树林里。

熟悉的气息，在他的鼻子底下飘来飘去。

他不知道如何开口向她说分别的话，只是默默地走着。

瑶没有觉察到他的心思，依旧那么快乐。

林子里到处是鸟鸣。

柯将军的灰犬闲得无聊，在不远处不紧不慢地跟着他们，但样子显得若无其事。

茫不禁回头看了它一眼。

它却抬头去看天上的太阳。

太阳很亮，但并不刺眼。

茫见瑶一副高高兴兴的样子，便不忍心说出要说的话，心里想：到晚上再对她说吧。这样一想，自己也轻松起来，拉着她的手，往林子深处跑去。

在他们向林子深处跑去时，天空发生了变化：一团黑色，正在吞食太阳。

瑶发现一棵大树的顶上，有一个非常好看的鸟巢，便站住了。

茫顺着她的视线，也看到了这个鸟巢。他一笑，向后退了几步，然

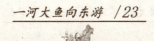

后猛跑到大树下,突然跳起,双手一下子抱住了树干,三下两下就爬了老高。

瑶回头看了看,生怕有人看到茫:他是王!但她更喜欢这时候的茫——无拘无束的、孩子气十足的茫。

当茫的手已经碰到鸟巢时,天一下子暗淡了许多:太阳被遮蔽了大半,像一块饼子被咬掉了一大口。

日食!

剩下的那部分,倒显得更亮了,纯净的阳光,像岩石缝里的水倾泻而下,正好浇在林间的一块空地上。

空地上站着瑶。

茫只顾看那太阳,很久才又想起鸟巢。

不知是什么鸟的鸟巢,编织得十分漂亮,圆溜溜的竟然有不少花瓣和羽毛装点在草秸与细枝之间。

编织这只鸟巢的鸟显然早已离去了。

茫小心翼翼地将鸟巢从枝杈间完美无缺地摘了下来:他要将它送给瑶。

瑶双手合在胸前,一直在仰望茫摘取鸟巢。

茫将鸟巢放在胸前,低头去看树下的瑶——这一看,却将他惊呆了:

立在空地上的瑶,竟有三条影子——三条长长的影子,优美无比地飘落在秋天金黄的草地上!

他差一点从高高的树顶跌落下来——那只鸟巢却在他轻轻一声"啊"中,从高处坠落在地上。

散了,一地的花瓣和羽毛。

柯的灰犬在不远处的草丛里站着。

瑶吃惊地望着他——他一脸苍白。她一直望着他：你怎么了？

他看着那三条梦幻般的影子，闭上了双眼。

太阳几乎被黑影吞没了。

茫从树上下来时，黑影已经消失。

灰犬不知何时走了，而在它站立的地方，柯却不知何时出现了。

瑶还蹲在那只破碎的鸟巢前难过，茫却匆匆朝林子外面走去——一副失魂落魄的样子。

柯看了一眼瑶，迎着茫走上前去："大王，你刚才看到了什么？"

茫没有回答，只管往前走。

"大王，"柯紧紧跟着，"你刚才看到了什么？"

"没有！"茫朝柯愤怒地喊叫着。

"你看到了！"柯说。

"没有！没有！"

柯没有去追茫，却回过头去望着瑶：她双手捧着那只破碎的鸟巢正慢慢走来……

5

柯和瑶走出那片树林时，太阳都快落山了。

身材高大的柯，将一只大手放在瑶瘦削的肩头，并将她轻轻拢在身边，就像一位慈父在与他的爱女一起散步。

他们默默地走着，表情显得有点儿凝重。瑶哭过，现在双眼还蒙着泪幕。柯的双眼似乎也曾被泪水打湿过。

后来，他们分手了。分手时，两人不时地回过头来摇摇手。

瑶没有立即回军营，而是沿着一条大河往前走去。

夕阳照在大河上，一河碎金。几只从北方向南方迁徙的大雁，大概飞累了，便落在河上。它们漂浮在水面上，不作任何努力，任由流水将它们带向前方。

后来，她走不动了，便在一棵大树下坐下，目光呆呆地看着夕阳之下的大河。

在另外一个地方，茫突然出现在了柯的面前，他刷的一声拔出了剑，并将剑尖抵在柯的胸上，大声责问："你对她说了些什么？！"

望着颤抖不已的剑，柯没有丝毫的畏惧，平静地答道："该说的我都说了。"

剑更加有力地抵在柯的胸上。

"我是尊重天意。"

剑微微有点弯曲，握剑的人双眼既有泪光又有火星。

"大王，你是千千万万苍生的大王，而不仅仅是一个叫瑶的小姑娘的大王！"

风吹来时，剑锋呜呜作响。

"她的生命本来就是你给予的，现在，她愿意为你去牺牲一切，甚至包括她的生命。"

"她答应了？"

"是，大王，因为她爱你！"

茫的泪水奔流而出，他大声叫喊着："我要杀死你！我要杀死你！……"

柯没有躲闪，泪水涌流，流到他美丽的胡须上："大王，柯就站在你面前……"

剑慢慢松开了。

柯跪在地上："大王，野菊花马上就要开放了……"

那灰犬几乎是在同时，两条腿弯曲下来，也跪在了地上。

"不！"茫嘶喊着转过身去，挥舞着手中的剑，锋芒之下，野草与芦苇哗啦啦倒在地上。"不！不！……"他一路上嘶喊着，见到什么砍什么。剑的旋风里，滚动着草屑与落叶。不一会儿，他的声音便嘶哑了。

望着茫痛苦的背影，柯突然将脑袋抵在泥土上。

这天夜里结了一场霜，这天夜里的月亮似乎要朝大地飘来，凄清的月光空洒在枯萎的草木上，万年不遇的悲切点缀了满山的野菊花。

第二天，却又是一个大放光明的晴日。

这一天，所有茫军将士，都一脸肃穆。他们谁也没有吃饭，一身戎装，早早地站立在空地上等待进发的命令。

太阳似为纯金所铸，高贵的光芒照亮了山川大地，更照亮了全体茫军将士的茫茫心野。

茫和瑶缓缓走来了。

他们是亲兄妹，是这世界上最值得人祝福的一对亲兄妹。

他们肩并肩地走着，瑶抱着茫的一只胳膊，将头轻轻歪靠在茫的肩上。

那来自她身体的气息更加清纯浓郁。

瑶身着一袭蓝色如湖水的裙子，露出优美的双腿，赤脚走着，薄薄的脚片，弯弯的足弓，圆溜溜的脚后跟，一如大王书向茫所显现的那样。她的头发是散着的，黑黑地流了一肩，但却裹了一条蓝色的头巾。

顷刻间，这一形象凝固在了全体茫军将士的灵魂里，它将与天地同在，与日月同辉。

她不时扬起头来，看一看茫。

茫军将士从她的这一动作里，听见了她心头的深情呼唤：哥哥……

茫却将潮湿的目光投向远方。

他们朝金山走去。

那时的野菊花已在一夜之间,全都微微开放——只等一阵风吹来,便会轰轰烈烈地开得花光灿烂。

花为白色,花蕾的顶端,犹如点点白雪。

全体茫军将士压低脚步声跟随在王的身后。

随着瑶的走近,那野菊花开得越来越大了。

山头黄狗,觉得今天的形势很不寻常,早早从口袋旁站立了起来。

人们感到十分惊讶:瑶所到之处,野菊花忽然开放,花光如水,荡漾而去。

又到了那个距离,那是黑暗与光明的界点。

茫居然没有停步的意思。

柯下令道:"擂鼓!"

随即,数面战鼓敲响了。

瑶一下停住了脚步,并缓缓松开茫的胳膊,像一只欲要离岸远行的小船。

茫企图要抓住她的胳膊,但战鼓声顿时如暴风骤雨一般阻止着他——这鼓声也是敲响给瑶的。

她含情脉脉望着茫——那个曾用他的羊将她从死亡泥淖里救出的男孩,泪珠滚滚而下。阳光下,那泪珠晶莹如多芒的钻石——是从她的心底流出的钻石。

璀璨。

她越过那个界点,离去了。

就当茫要去追赶时,茫军早拥在他面前组成了道道人墙,将他和瑶牢不可破地相隔在了两边——生死两边。

影之舞

瑶看了茫最后一眼，转过身去，往山头飘然而去，长裙卷起蓝风，所到之处，野菊花响亮地冲天而放。

她走着走着，倏然间，她的身后便有了三条影子，仿佛那太阳忽地跳动了一下，一抖之间，那三条影子便飘落在地上。

鼓声渐渐停息，犹如海潮退去，天地间只有一片寂静。

她无所畏惧地朝山头走去，朝口袋走去，仿佛一个挖野菜的女孩，要去一个被她看好的地方。她走动着，摇摆着，山风阵阵，长裙鼓动，三条云朵一般的影子，便在雪白的花地上翩翩起舞。

黄狗迷惑不解地望着这个蓝色的精灵，心头居然没有凶残的欲望升起。

整个金山，瑶走过之后，大半野菊花都已开放，花香喷发而出，浓浓地飘散在深秋的空气里，一座金山正变成一座雪山。初放的花，是嫩的，雪便也是嫩的。

全体茫军将士的心，随着瑶而远去，犹如沉没于水中的浮子，在一点一点地向上浮起——向咽喉浮起。

黄狗竖起两只耳朵，呼吸开始变得急促。

瑶似乎听到了它的心跳，但她并未放慢脚步。她看着它毛茸茸的眼睛，黑黢黢、湿漉漉的鼻头以及它一身金黄色的长毛，觉得这是一只英姿飒爽的狗。她朝它微笑着——一种天真无邪的微笑。

它居然摇动起尾巴来。

仅剩一丈远了。

茫再也无法忍受内心的煎熬，纵身跳上马背，猛烈鞭打马身，那马冲开人群，朝金山相反的方向跑去。一路上，他伏到马背上，用双手紧紧搂住马的脖子，悲切至极。

"瑶！瑶……"他在心中千遍万遍地呼唤着。

影之舞

马载着他来到昨天傍晚瑶曾走过的大河边。

这时的瑶，已闻到了黄狗的气味。

黄狗没有扑过来，而是摇着尾巴朝瑶走过来。

瑶这才停住脚步，当黄狗马上就要来到她的身边时，她弯下腰去，用她那好看的手轻轻提起裙子的一角，然后望着黄狗，侧过身子，竟然向它跳起舞来。

黄狗很惶惑。

瑶的眼睛就一直注视着黄狗的眼睛，在半径五六步远的距离里，绕着它轻盈地跳着，蓝裙摆来摆去，犹如水波荡漾。因为裙子的领口很矮，她的长脖子便显得更长也更加优美了。她的目光先是清纯，紧接着便是热烈。很有节奏感，慢时如云，快时如风，飘时如鸟，疾时如兔，一忽儿突然地停顿，一忽儿又悠然翩翩。跳跃，晃肩，转颈，扭动腰肢，目光远抛，一切动作都引人入胜。

一直生活在贫乏与单调之中的黄狗渐渐着迷了。

所有茫军将士也渐渐着迷了，他们几乎忘记了他们在面临着残酷的一幕。那个会吹笛子的士兵，居然从腰上取下笛子，合着瑶的舞蹈，将流畅而极富旋律感的曲子吹响在这蓝天白云之下。

瑶的舞越跳越精彩，也越跳越热烈。

黄狗渐入痴迷，目光紧随瑶的身影，忘我地沉浮在瑶的舞蹈漩流中。

这时瑶用手轻轻召唤着黄狗，黄狗先是犹疑了一下，随即竟然也在瑶的面前跳动起来。一场狗与人的对舞，就这样不可思议地在山坡上展开了。一时迷失其中的瑶，竟忘记了那是一条恶犬，而黄狗则完全失去了对瑶的戒心。

茫军将士不免有点儿困惑，但随即被山坡上的那场和谐而圆满的舞蹈所吸引，一直紧绷的神经松弛了下来，一个个翘首观望着，有些士兵甚至用手或用脚打着节拍。

高潮处，黄狗一个腾空，居然高高越过瑶的头顶。

瑶随着节拍，边舞边向它连连击掌。

受到鼓舞的黄狗，有心做出更加完美的动作，几乎笔直地蹿向空中，然后它竟然在空中停顿了一下，将身体调整为横形，然后再飘然而下，四爪同时落地，然后和着节奏朝她得意地摇着尾巴。

谁也没有注意到，瑶边舞边在向山顶上那个神秘的口袋靠拢。

黄狗将金山当做了自己的舞台，面对眼前这个蓝色的精灵，它心里充满了表演的欲望——这种与生俱来的欲望，在这荒僻的山头，压抑得实在太久了，它几乎快丧失了对这一欲望的感受，现在重又激发了出来，这使它热血奔涌，眼珠鼓凸。

舞着舞着，瑶给了一个远去的动作，黄狗便朝远处跳跃而去，就在这一刹那间，瑶的手一把抓到了那只让鲜血溅湿了的口袋，也就在那一刹那间，整个金山的野菊花全部开放了！

黄狗回过头来，只见瑶正用手抓着那只口袋，心头不禁猛地一震，一身金黄色的毛根根竖立起来。它顿时意识到了瑶的用心所在，愤怒地在喉咙中呜咽着，用那对鼓溜溜的眼睛恶狠狠地盯着瑶。

她颤抖了，口袋也在颤抖。

茫眼前的大河上起了雾，那雾里飘动着瑶的身影……

茫军将士的眼睛不敢有片刻眨动。

骑在马上的柯，手中死死攥着缰绳，冷汗在胡须里犹如草丛中的寒霜在闪烁。

黄狗没有立即扑上去，它要将它的凶狠酝酿到极致，直到奔流在每一寸血管里。它要一口咬死这个居然欺骗了它的蓝色精灵，对于戏弄它断然不能容忍！它为它一时的沉湎而忘却责任感到莫大的惭愧。

花光迷惑着它的双眼，眼前的那个蓝色精灵好像在变得虚幻不定。不能延宕了，不能了！它冲着她，光一般射去……

然而那蓝色的精灵一忽儿消失了，山顶上便只剩下了三条影子。那三条影子仿佛与它们的主人是一个整体，此时此刻，她的身体干干净净地流注到了那三条影子之中，从而使那三条影子变得长长的，并且散发着淡蓝的生命气息。

黄狗惶惑了片刻，便开始朝一条身影扑咬过去。

在阳光的折射下，茫眼前的大河上，竟然有无数的瑶在飘动。

茫军将士惊愕万分，一声"呀"，如大风呼啸而过。

那身影一忽闪就没有了，黄狗只好又去扑咬另一条身影。

朗朗白日之下，三条无身之影晃动在黄狗的眼球上。它扑咬着，扑咬着，扑咬着，从这个身影，到那个身影，再到另一个身影……它是光，光与影在野菊花的花丛里追逐、回旋、翻腾、撕扯……

年轻的生命，浇灌着影子，影子便像这生命一样令人赞叹。它们飘动在山坡上，像翅膀，像帆，像风车的篷，像河上的浪……

影子是无声的。

黄狗的喘息声却越来越粗浊。它已满嘴是泥，是花的汁水，是血。有一颗牙齿似乎咬到了地上的石头，折断了，它将它吞进了肚子里。它的整个胸腔在着火，热焰烘烤着它的咽喉，仿佛过不了一会儿，它的那身金黄色的毛就要燃烧起来。

影子似乎在变得越来越淡，越来越薄。

一个老兵老泪横流，无数双泪眼望着山头。

起风了，茫眼前的大河开始起浪，浪一浪赶着一浪，像一排排白马。雾在淡去，瑶在飘高，朝着阳光流淌而来的地方。

黄狗觉得五脏六腑在开始干枯，沾满泥土的舌头吐得长长的，并且开始变凉，变得麻木。

三条影子似在飘动，但已成淡淡的灰白色。

在此期间，这三条影子是有色彩的，先是淡淡的蓝，后是淡淡的红，再后来便是黑，便是红，便是灰……

黄狗的扑咬与影子的晃动都在明显地放慢。

黄狗的扑咬已经十分的勉强，它的气力似乎已经快被耗尽。但它仍然在挣扎着，疲惫不堪地追逐着同样也已经疲惫不堪的影子。有时，它会偶尔看一眼那只口袋，它还安放在岩石上。这使它感到欣慰，它甚至想为此而流泪。但它心里清楚，那三条影子围绕着的，也正是那只口袋，它对它们痛恨不已。它是一条愚蠢的狗，也是一条固执的狗。它不可能放过它们。它要将全部的气力与剩余的残忍聚集在一起，继续扑咬下去。

影子在变轻。

黄狗跌倒了，但又爬起来，可是过不一会儿，又跌倒了。影子就在它眼前，但已不再像原初那样笼罩着它，相反，它的影子就要笼罩着它们了。它的嘴角开始不住地流血，不是咬破了舌头的嘴巴流出的血，而是从身体深处流出的血，它疲于奔跑使内脏已经破裂。

山顶与口袋在晃动，天与太阳在晃动。

它又一次扑到了影子上，口中的鲜血汩汩而出，落在了影子上。

那影子是瑶的精血，是她身体的一部分。它们在黄狗的疯狂追逐与扑咬中，耗散了，流失了，只剩下了一点点。

茫军眼前的山头，已没有了影子。

不知是谁迈开了脚步，全体茫军开始轰隆隆走向山顶，越来越快……

雾散尽，大河之上，便只剩下了天空。

茫纵身一跃，骑上了马，那马朝金山飞跑，尾巴横在了空中。

一阵风吹来，那剩下的一星点影子也从花上消失了。

黄狗想回到口袋旁，但这种心思忽地像线一般断了——它骤然倒在了花丛里。

马载着茫穿过茫军的队伍到达山头时，一切都已烟消云散。他从马上跳下，站在山头上，四下里寻找，却只见四周烟岚袅袅。他低头在花丛里寻觅，看到了那条蓝色的裙子和那根鞭子。他将它们捡起，捧在手上，朝远处大叫了一声"瑶"，一股鲜血从口中喷出，纷纷落在了蓝色的裙子和鞭子上……

6

随即，他倒在了山头上。

醒来时，他看到他周围层层叠叠地站满了茫军将士。

他没有哭泣，没有愤怒，甚至没有再提瑶的名字。他深知，一切都已过去了。

茫军将士见他醒来，脸上漾出笑容。

他轻声问道："你们为什么还不快去打开那只口袋？"

柯走上前来："大王，那只口袋差一点儿就被瑶取到——她实际上已经用手抓到了它，现在，大王，由你接着做下去吧！"

他要从花丛里站立起来，柯欲相扶，被他推开了。他最终依靠自己的力量站了起来，然后，摇摇晃晃地朝那只口袋走去。

口袋立在岩石上。

他朝它一步一步地走去，心中感慨万千。走到它跟前，他没有立即动手，而是一动不动地站着。

"大王，……"柯叫了一声。

他这才抓起它：沉甸甸的。

他将扎口的绳子解开丢在地上，然后弯下腰，将手伸进口袋，抓出一把东西，再在阳光下将手张开，这时只见无数晶莹剔透的细小物体在他掌上闪闪发光。他转着身体，好让更多的茫军将士看到他掌上的晶体。然后，他又将掌合下，随着一个漂亮的旋身，他升腾到空中，随即胳膊一挥，手一松，将它们抛撒到蓝色的天空下。

它们随风在天空下飘扬着。

抛撒了一把又一把，它们在空中向远处飞去，向高处飞去，不一会儿，化作了雨珠。

他一手抓了一把之后，对围观的将士们说："来，一起撒吧！"

很多人涌了过来，争相将那些晶体抛撒到空中。

雨先是稀稀拉拉地下着，不一会儿便越来越稠密，并向四面八方迅速漫延开去。当那只口袋终于全部掏空时，全世界便都沐浴在了雨中。万里雨丝，根根如银。

天有多大，雨的面积就有多大。从高山到平原，从江河到大海，从都市到乡村，东南西北，无处不雨。自天地分离，没有下过这样一场气势恢宏的雨。这雨高度的透明，虽在雨中，世界却更加的明亮，水晶、蓝冰一般的明亮。

成千上万被夺去光明的人，站立在天空下，仰起面孔，任由这清纯的雨水去冲刷自己无明的双目。雨珠在他们的眼珠上滑动着，流动着，仿佛堆积了千年污垢的眼睛开始渐渐有了光明。先是细微的一星亮光，然后便不住地扩展，就像尘封千年的窗口，两翼窗帘徐徐拉开，久违的光明，像成群的玉鸟飞进了窗口。

赤、橙、青、绿、黄、蓝、紫……

"光！光！光！……"成千上万个哭泣的声音：老人的，孩子的，男人的，女人的，兴奋地冲向天庭。

雨不住地下着，雨中跪下去成千上万的人。

是雨也是泪。

雨中，茫军将士，也人人哭泣，甚至有人仰天号啕。

茫一直低垂着头，望着草丛中的那件蓝裙和那根鞭子。

雨水从头而下，聚拢到他优美的下巴，哗哗流在蓝裙和鞭子上。

雨一直下到黄昏，下到天地间一片清爽。

月亮升上来时，茫军将士在山头埋葬了瑶的蓝裙和鞭子。

茫撒了第一把土，又由他撒了最后一把土。

他让柯撤走全部将士，只将自己一人留在了山头。

月亮陪伴着他，他陪伴着瑶。他觉得瑶就飘动在这片群山之中，他甚至从野菊花的香气中辨别出了只有瑶的身上才有的那种气息。

明天他就要走了，带着他的千军万马，去南方，去征服又一座大山。他的瑶，他的妹妹，将永远独自一人留在这片群山之中。何时回来看她？也许是一年，也许是两年，也许是……泪水只在心头涌动，犹如旷野上的泉涌。

"光！光！光——"到处还在兴奋地呐喊。

他站起来，面对月下群山，大声喊道："我以王的名义命名，从此这座大山为'瑶'——'瑶山'！"

万千大山响应成一片："瑶——山——"

"瑶——山——"

选自长篇小说《大王书》第一部《黄琉璃》

药 寮

1

桑乔出身卑微。这一点,油麻地的人谁也不了解——桑乔是从外地调来的。

从前的桑乔家没有一寸土地。桑乔只断断续续地念过一年私塾。桑乔才十几岁,就开始跟着父亲打猎。一年四季,就在芦苇丛里走,在麦地里走,在林子里走,在荒野里走,眼睛总是瞪得滴溜圆,鼻子也总是到处嗅着。桑乔至今还有每走到一处就嗅嗅鼻子的习惯,并且嗅觉特别灵敏。因此,桑桑家经常发生这样的事:桑乔从外面回来了,一进屋,就嗅了嗅鼻子说:"家里有股骚味。"全家人就都嗅鼻子,但谁也嗅不出什么骚味来。桑乔却一口咬定说:"有。"最后,总会找到骚味的来源的,或是被桑桑用被子掩盖了的尿湿了的褥子,或是猫把尿撒了几滴在墙角上了。桑乔打猎,直打到二十五岁。二十五岁时的桑乔,皮肤是烟熏般的黄黑色。在这段岁月里,桑乔足足地领略到了猎人的艰辛与猎人的屈辱。在这个以农耕为本的地方,打猎是一种最低贱的行当。可是,桑乔家无地,他不得不打猎,不得不常常抓着血淋淋的野兔或野鸡,十分不雅地站在集市上向人兜售他的猎物。桑乔是在时刻可见的鄙夷的目光里长到二十五岁的。二十五岁之前的桑乔，因为不经常与人对话，总在沉默中度过，还落下了一个口吃的毛病。

桑乔从内心里厌恶打猎。桑乔喜欢的是读书识字。他凭着他上过一年私塾所学得的几个字，逮到什么书，就拼命去读，去猎获，样子就像跟随在他身边的那条猎狗。桑乔在河坡上，在麦地里，在树林间，看了无数本他从各处捡来的、搜寻来的、讨来的书。文字以及文字告诉他的故事、道理，就像滚雪球一样，越滚越大。他说话虽然结巴，但人们还是从他的结结巴巴的话里看出了他的不同寻常之处。当到处兴办学校，地方上一时为找不到教书先生发愁时，居然有人一下子想到了他。

桑乔很快向人们证明他是一个出色的教书先生。他从一处换到另一处，而每换一处，都是因为他工作的出色。他一个台阶一个台阶地上升着，直至成为一名小学校长。

桑乔十分鄙视自己的历史。他下苦功夫纠正了自己的口吃，尽力清洗着一个猎人的烙印。当他站在讲台上讲课，当他把全体教师召集在一起开会，当他坐在藤椅上教人排戏时，竟然没有人再能从他身上看出一丝猎人的痕迹来了。

但他自己，却在心中永远地记着那段历史。

他把那支猎枪留下了。后来的岁月中，不管迁移到什么地方，他总要把这支猎枪挂在外人看不到的房间的黑暗处。

猎枪挂在黑暗里，桑乔却能清清楚楚地看到它。但桑乔看到的不是猎枪，而是一根黑色的鞭子。

桑乔很在乎荣誉。因为桑乔的历史里毫无荣誉。桑乔的历史里只有耻辱。桑乔看待荣誉，就像当年他的猎狗看待猎物。桑乔有一只小木箱子。这只小木箱里装满了他的荣誉：奖状与作为奖品的笔记本。不管是奖状还是笔记本，那上面都有一个让他喜欢的不同级别的大红章。有地方政府这一级的，有县一级的，甚至还有省一级的。无论是奖状还是笔记本，那上面写着的都大同小异：奖给先进教育工作者桑乔。一年里头，桑乔总要在一些特别的时节或时刻，打开箱子来看一看这些奖状和笔记本。那时，巨大的荣誉感，几乎会使他感到晕眩。

现在，是桑桑六年级的上学期。

桑桑早看上父亲小木箱里的笔记本，但一直没有下手。现在，他很想下手。他马上要考初中了。他要好好地准备。桑桑不管做什么事情，总爱摆谱，总爱把事情做得很大方，很有规格，但也不考虑后果。他将碗柜改成鸽笼，就是一例。这天晚上，他躺在床上想：我应该有很多本子，生词本、造句本、问答本……他粗算了一下，要有十本本子。前天，他曾向母亲要钱去买本子，但被母亲拒绝了："你总买本子！"桑桑沉浸在他的大计划里，激动不已。这天上午，桑桑趁父亲去镇上开会，终于把小木箱从柜顶上取了下来，然后趁母亲去邱二妈家玩，将它抱到屋后的草垛下。他撬掉那把小锁，打开这只从前只有父亲一人才有权利打开的小木箱。他把这些差不多都是布面、缎面的笔记本取出来一数，一共十二本。他把它们一本一本地摆开，放在草上。自从读书以来，他还从未使用过如此高级的本子。他看着这些笔记本，居然流出一串口水来，滴在一本笔记本的缎面上。他把其中一本笔记本打开，看到了一枚红红的章子。他觉得章子挺好看，却毫无父亲的荣誉感。等他把所有的笔记本都打开看了看之后，他开始觉得盖章子的那一页很别扭了。他马上想到的一点就是清除掉这一页。他要把父亲的笔记本变成他桑桑的笔记本。只有这样，他用起来心里才能痛快。他想撕掉那一页，但试了试，又不太敢，只将其中一本的那一页撕开一寸多长。他把这些笔记本装进了书包。但，心里一直觉得那盖章子的一页是多余的。午饭后，他到底将装笔记本的书包又背到屋后的草垛下。他取出一本打开，哗的一下撕下了那盖章子的一页。那声音很脆，很刺激人。他接着开始撕第二本的、第三本的……不一会儿，草上就有了十二张纸。十二枚大小不一但一律很红亮的章子，像十二只瞪得圆圆的眼睛在看着他。他忽然有点害怕了。他四下里看了看，连忙将这十二张纸揉成一团。他想将这一团纸扔到河里，但怕它们散开后被人发现，就索性将它们扔进了黑暗的厕所里。

下午上课，桑桑的桌上，就有一本又一本让人羡慕的笔记本。

桑乔发现这些笔记本已被桑桑占为己有，是在一个星期之后。那是一个星期天，桑桑还在外面玩耍，柳柳不知要在桑桑的书包里找什么东西，把桑桑书包里的东西全倒在床上，被正巧进来的桑乔一眼看见了。他首先发现的是那些笔记本已变薄（桑桑有撕纸的习惯，一个字没写好，就哗的撕掉），其中有几本，似乎只剩下一小半。他再一本本地打开来看，发现那一页一页曾经让他陶醉的盖了大红章的纸，都被撕掉了。当即，他歇斯底里地吼叫起来，吓得柳柳躲在墙角，捂住耳朵，闭上眼睛不敢看他。

桑桑回来之后，立即遭到了一顿毒打。桑乔把桑桑关在屋里，抽断了两根树枝，直抽得桑桑尖厉地喊叫。后来，桑乔又用脚去踢他，直将他一脚踢到床肚里。桑桑龟缩在黑暗的角落里哭着，但越哭声音越小——他已没有力气哭了，也哭不出声来了。

被关在门外的母亲，终于把门弄开，见桑乔抓着棍子浑身发颤地守在床前等桑桑出来再继续打，就拼了命从桑乔手里夺下棍子："你要打死他，就先打死我！"她哭了，把桑桑从床下拉出，护在怀里。

柳柳更是哇哇大哭，仿佛父亲打的不是桑桑，而是打的她。

桑乔走出门去，站在院子里，脸色苍白，神情沮丧，仿佛十几年用心血换来的荣誉，真的被儿子一下子毁掉了。

当天深夜，桑乔一家人，都被桑桑锐利的叫唤声惊醒了。

母亲下了床，点了灯，急忙过来看他。当她看到桑桑满头大汗，脸已脱色，再一摸他的手，直觉得冰凉时，便大声喊桑乔："他爸，你快起来！你快起来！"

桑桑用一只手捂着脖子向母亲说着："脖子疼。"

母亲将他的手拿开，看到了他脖子上一个隆起的肿块。这个肿块，她已看到许多日子了。

又一阵针扎一般的疼痛袭击了桑桑，他尖叫了一声，双手死死抓住了母亲的手。母亲坐到床边将他抱起，让他躺在她怀里。

桑乔站在床边问："这个肿块已长了多少天啦？我怎么没看见？"

母亲流着泪："你整天就只知道忙你的学校！你什么时候管过孩子？你还能看见孩子长了东西？两个月前，我就对你说过，你连听都没听进耳朵里去……"

桑桑的头发都被汗水浸湿了。他的嘴唇一直在颤动着。他躺在母亲怀里，一次又一次被疼痛袭击着。

桑乔这才发现眼前的桑桑清瘦得出奇：两条腿细得麻秆一般，胸脯上是一根根分明的肋骨，眼窝深深，眼睛大得怕人。

桑乔翻出两粒止痛片，让桑桑吃了。直到后半夜，桑桑的疼痛才渐渐平息下去。

2

桑乔带着桑桑去了镇上医院。几个医生都过来看。看了之后，都说："桑校长，早点带孩子去城里医院看，一刻也不能拖延。"

桑桑从医生们的脸上，更从父亲的脸上，看出了事情的严重性。

当天，桑乔就带着桑桑去了县城。

桑桑去了三家医院。每一家医院的医生，都是在检查完他脖子上的肿块之后，拍拍他的头说："你先出去玩玩好吗？"桑乔就对桑桑说："你到外面玩一会儿，我马上就来。"桑桑就走出了诊室。但桑桑没有走出医院到外面去玩，而是坐在医院走廊里的长椅上。他不想玩，就一动不动地坐在椅子上等父亲。

桑桑能感觉到父亲的表情越来越沉重，尽管父亲做出来的是一副很正常的样子。桑桑自己不知道自己是一种什么感觉。他只知道跟着父亲走进医院，走出医院，走在大街上。他唯一感觉到的是父亲对他很温和。父亲总是在问他："你想吃些什么？"而桑桑总是摇摇头："我不想吃什么。"桑桑心里确实没有去想什么。

天黑了。父子俩住进了一家临河小旅馆。

晚饭吃得有点沉闷。但桑桑还是吃了一些。他发现父亲在吃饭时，一副心不在焉的样子，筷子放在菜盘里，却半天不知道夹菜。当父亲忽然地想到了吃饭时，又总是对桑桑说："吃饱了饭，我们逛大街。"

这是桑乔带着桑桑第一回夜晚留宿城里。

桑桑跟着父亲在大街上走着。已是秋天，风在街上吹着时，很有了点凉意。街两旁的梧桐树，虽然还没有落叶，但已让人感觉到，再刮几阵秋风，枯叶就会在这夜晚的灯光里飘落。父子俩就这样走在梧桐树下的斑驳的影子里。秋天夜晚的大街，反倒让人觉得比乡村的夜晚还要寂寞。

父亲看到桑桑落在了后面，就停住了，等他走上来时，说："还想逛吗？"

桑桑不知道自己的内心是想逛，还是不想逛。

父亲说："天还早，再走走吧。"

桑桑依然跟着父亲。

路过一个卖菱角的小摊，父亲问："想吃菱角吗？"

桑桑摇摇头。

路过一个卖茶鸡蛋的小摊，父亲问："想吃茶鸡蛋吗？"

桑桑还是摇摇头。

又路过一个卖烀藕的小摊，父亲问："吃段烀藕吧？"这回，他不等桑桑回答，就给桑桑买了一大段烀藕。

桑桑吃着烀藕，跟着父亲又回到了小旅馆。

不一会儿，就下起雨来。窗外就是河。桑桑坐在窗口，一边继续吃烀藕，一边朝窗外望着。岸边有根电线杆，电线杆上有盏灯。桑桑看到灯光下的雨丝，斜斜地落到了河里，并看到了被灯光照着的那一小片水面上，让雨水打出来的一个个半明半暗的小水泡泡。他好像在吃藕，但吃了半天，那段藕还是那段藕。

"不好吃，就别吃了。"父亲说完，就从桑桑手中将那段藕接过来，放在床头的金属盘里。"早点睡觉吧。"父亲给桑桑放好被子，并且帮着桑桑脱了衣服，让桑桑先钻进被窝里，然后自己也脱了衣服，进了被窝。这是个小旅馆，父子俩合用一床被子。

桑桑已经没有和父亲合用一床被子睡觉的记忆了，或者说，这种记忆已经很模糊了。桑桑借着灯光，看到了父亲的一双大脚。他觉得父亲的大脚很好看，就想自己长大了，一双脚肯定也会像父亲的大脚一样很好看。但，就在他想到自己长大时，不知为什么鼻头酸了一下，眼泪下来了。

父亲拉灭了灯。

桑桑困了，不一会儿就睡着了。但睡得不深。他隐隐约约地觉得父亲在用手抚摸着他的脚。父亲的手，一会儿在他的脚面上来回地轻抚

着，一会儿在轻轻地捏着他的脚趾头。到了后来，就一把抓住他的脚，一松一紧地捏着。

　　桑桑终于睡熟。他醒来时，觉得被窝里就只有他一个人。他微微抬起头来，看见父亲正坐在窗口抽烟。天还未亮。黑暗中，烟蒂一亮一亮地照着父亲的面孔，那是一张愁苦忧郁的面孔。

　　雨似乎停了，偶尔有几声丁冬的水声，大概是岸边的柳树受了风吹，把积在叶子上的雨珠抖落到河里去了。

　　第二天，父亲带着桑桑回家了。

　　路过邱二妈家门口时，邱二妈问："校长，桑桑得的什么病？"

　　桑乔竟然克制不住地在喉咙里呜咽起来。

　　邱二妈站在门口，不再言语，默默地看着桑桑。

　　桑桑还是那样跟着父亲，一直走回家中。

　　母亲似乎一下子就感觉到了什么，拉过桑桑，给他用热水洗着脸，洗着手。

　　桑乔坐在椅子上，低着头，一言不发。

　　老师们都过来了。但谁也没有向桑乔问桑桑究竟得了什么病。

　　篮球场上传来了阿恕们的喊声："桑桑，来打篮球！"

　　蒋一轮说："桑桑，他们叫你打篮球去呢。"

　　桑桑走出了院子。桑桑本来是想打一会儿篮球的，但走到小桥头，突然地不想打了，就又走了回来。当他快走到院门口时，他听见了母亲的压抑不住的哭声。那哭声让人想到天要塌下来了。

　　柳柳并不知道母亲为什么那样哭，只觉得母亲的哭总是有道理的，也就跟着哭。

　　邱二妈以及老师们都在劝着母亲："师娘师娘，别这么哭，别这么哭，别让桑桑听见了……"

桑桑没有进院子。他走到了池塘边,坐在塘边的凳子上,呆呆地看着池塘里几条在水面上游动着的只有寸把长的极其瘦弱的小鱼。他想哭一哭,但心中似乎又没有什么伤感的东西。他隐隐地觉得,他给全家,甚至给所有认识他的人,都带来了紧张、恐慌与悲伤。他知道,事情是十分严重的。然而,在此刻他就是无法伤心起来。

他觉得有一个人朝他走来了。他用两只细长的胳膊支撑在凳子上,转过头去看。他见到了温幼菊。

温幼菊走到他跟前,把一只薄而柔软的手轻轻放在他的肩上:"桑桑,晚上来找我一下好吗?"

桑桑点点头。他去看自己的脚尖,但脚尖渐渐地模糊了起来。

3

桑桑最喜欢的男老师是蒋一轮,最喜欢的女老师是温幼菊。

温幼菊会唱歌,声音柔和而又悠远,既含着一份伤感,又含着一份让人心灵颤抖的骨气与韧性。她拉得一手好胡琴。琴上奏得最好的又是那曲《二泉映月》。夏末初秋的夜晚,天上月牙一弯,她坐在荷塘边上,拉着这首曲子,使不懂音乐的乡下人也在心里泛起一阵莫名的悲愁。桑桑的胡琴就是温幼菊教会的。

在桑桑看来,温幼菊最让人着迷的还不仅仅在于她会唱歌,会拉胡琴,更在于她一年四季总守着她的药罐子。他喜欢看她熬药,看她喝药,看她一副弱不禁风的样子。温幼菊不管是在什么地方出现,总是那副样子。她自己似乎也很喜欢自己这个样子——这个样子使她感到自己很温馨,也很有人情味。

因为她的房间一年四季总飘逸着发苦的药香,蒋一轮就在她的门上

红泥小炉

挂了一块木牌，那上面写了两个字：药寮。

桑桑不懂"寮"是什么意思，蒋一轮就告诉他："寮就是小屋。"

温幼菊笑笑，没有摘掉牌子。她的小屋本就是熬药的地方。她喜欢熬药，甚至喜欢自己有病。"药寮"——这个名字挺古朴，挺雅的。

桑桑进屋子时，温幼菊正在熬药。

温幼菊坐在小凳上，见了桑桑，也给了他一张小凳，让他与她一起面对着熬药的炉子。

这是一只红泥小炉，样子很小巧。此时，炭烧得很旺，从药罐下的空隙看去，可以看到一粒粒炭球，像一枚枚蛋黄一样鲜艳，炉壁似乎被烧得快要溶化成金黄色的流动的泥糊了。

立在炉上的那只黑色的瓦罐，造型土气，但似乎又十分讲究，粗朴的身子，配了一只弯曲得很优雅的壶嘴和一个很别致的壶把。药已经煮开。壶盖半敞，蒸气推动着壶盖，使它有节奏地在壶口上弹跳着。蒸气一缕一缕地升腾到空中，然后淡化在整个小屋里，使小屋里洋溢着一种让人头脑清醒的药香。

在深秋的夜晚，听着窗外的秋风吹着竹林与茅屋，小红炉使桑桑感到十分温暖。

温幼菊没有立即与桑桑说话，只是看着红炉上的药罐，看着那袅袅飘起的淡蓝色的蒸气。她的神情，就像看着一道宁静的风景。

桑桑第一次这样认真地面对红炉与药罐。他有一种说不清楚的感觉。他好像也是挺喜欢看这道风景的。

温幼菊往罐里续了点清水之后，依然坐了下来。她没有看桑桑，望着红炉与药罐问他："害怕吗？"

桑桑说不清楚他到底是害怕还是不害怕。他甚至有点渴望自己生病。但他又确实感觉到了，事情似乎太严重了。他倒是有一种模模糊糊的孤独感。

桑桑望着炉口上似有似无的红焰，不说话。

"你来听听我的故事吧。"温幼菊回忆着，"我很早就失去了父母，是奶奶把我带大的。我得永远记住我的奶奶，永生永世。这倒不在于奶奶知我的冷热，知我的饥饱，而在于她使我学会了活着所必要的平静和坚忍。奶奶是个寡言的人。细想起来，奶奶没有留给我太多的话。在我的记忆里，最深刻的，只有她留下的两个字：别怕。这几乎是她留给我的全部财富，但这财富是无比珍贵的。记得我七岁时，那年冬天，我望着门前那条冰河，很想走过去。我想站在对岸，然后自豪地大声叫奶奶，让她来看我。但我走到冰上时，却不敢再往前走了，虽然我明明知道，冰已结得很厚很厚。这时，我感觉到身后的岸上，站着奶奶。我没有回头看她，但我能感觉到奶奶的目光——鼓励我的目光。当我还在犹豫不决时，我听到了她的声音：别怕。奶奶的声音不大，但在我听来，却像隆隆的雷声。我走过去，走过去，一直走过去……我登上了对岸，回头一看，奶奶正拄着拐棍站在寒冷的大风中。当时奶奶已经七十岁了。我没有大声地叫她。因为我哭了……"

温幼菊用铁钩捅了几下炉子，炉口飞出一片细小的火星。

"十二岁那年，我生病了，非常非常严重的病。医生说，我只能再活半年。那天傍晚，我独自一人走到大堤上去，坐在一棵树下，望着正一寸一寸地落下去的太阳。我没有哭，但我能感觉到我的手与脚都是冰凉的。奶奶拄着拐棍来了。她没有喊我回家，而是在我身边坐下了。天黑了下来，四周的一切，都渐渐地被黑暗吞没了。风越吹越大，我浑身哆嗦起来。当我抬头去望奶奶时，她也正在望我。我在黑暗里，看到了她的那双慈祥的、永远含着悲悯的眼睛。我扑到她怀里，再也克制不住地哭泣起来。她不说话，只是用手抚摸着我的脑袋与肩头。月亮升上来了，很惨白的一轮。奶奶说：'别怕！'我伏在她腿上，竟然睡着了……后来的日子里，奶奶卖掉了她的一切，领着我四处治病。每当我感到绝望时，奶奶总是那句话：'别怕！'听到这两个字，我就会安静下来。那时，我既不感到恐怖，也不感到悲伤。我甚至那样想：我已见过太阳了，见过月亮了，见过麦田和风车了，见过那么多那么多的好人了，即使明天早上真的走了，也没有什么遗憾了。我像所有那些与我年纪一样大的女孩子一样，觉得很快乐。奶奶每天给我熬药。而我每天都要喝下一碗一碗的苦药。我听奶奶的话，从不会少喝一口。喝完了，我朝奶奶笑笑……"

温幼菊将药倒进一只大碗里，放上清水，接着再熬第二服。

停顿了很久，温幼菊才说："十七岁那年，我考上了师范学校。也就是那年秋天，奶奶走了。奶奶活了八十岁。奶奶是为了我，才活了八十岁的。奶奶临走前，抓住我的手。她已说不出话来了。但我从她微弱的目光里，依然听到了那两个字：'别怕！'"她没有看桑桑，但却把胳膊放在了桑桑的脖子上："桑桑，别怕……"

眼泪立即汪在桑桑的眼眶里。

温幼菊轻轻摇着桑桑，唱起歌来。没有歌词，只有几个抽象的叹词。那几个叹词组成无穷无尽的句子，在缓慢而悠长的节奏里，轻柔却又沉重，哀伤却又刚强地在暖暖的小屋里回响着。桑桑就像一只小船，在这绵绵不断的流水一样的歌声中漂流着……

4

桑乔丢下工作，领着桑桑去了苏州城看病。一个月下来，看了好几家医院，用尽了所带的钱，换得的却是与县城医院一样的结论。桑乔看过不少医书，知道医学上的事。随着结论一次又一次相同，他已不再怀疑一个事实：桑桑不久后将离他而去。桑乔已不知道悲哀，只是在很短的时间内，长出一头白发。他总是在心里不停地责备自己对桑桑关注得太迟了——甚至在桑桑已经病得不轻的情况下，还为了那点荣誉就凶狠地毒打了桑桑。他对桑桑充满了怜悯与负疚。

"这种病反而可能会被一些偏方治好。"抱着这一幻想，桑乔买了一些他深知是无用的药，领着桑桑又回到了油麻地，从此开始了对民间绝招的寻找。这个行动开始后不久，线索就一天一天地增多，到了后来，竟有了无数条线索。就像过去紧紧抓住任何一个可获取荣誉的机会一样，桑乔拼命抓住这些听来可以夺回桑桑生命的线索。

在以后的许多日子里，油麻地的人经常看到的情景是：桑乔领着桑桑出门了，或是桑乔领着桑桑回家了。有时，是桑乔拉着桑桑的手在走路；有时，是桑乔背着桑桑在走路。有时是当天出门当天回来，有时则一两天或两三天才回来。归来时，总会有不少人走上前来观望。人们从桑乔脸上也看到过希望，但看到更多的是深深的无望。桑乔的样子一日比一日疲惫，而桑桑也在一日一日地消瘦。到了后来，人们再看到桑乔又从外面领着桑桑回来时，见桑乔的表情都有点木讷了。桑乔依旧没有放弃任何一条线索，并且还在一个劲儿地寻找线索。他的行为几乎变成了一种机械性的行为，能在几天时间里面，就踏破一双鞋底。

油麻地的孩子们并不懂得桑桑得的究竟是一种什么样的病，但他们从桑桑父母的脸上和老师的脸上感觉到在桑桑的身上究竟发生了什么。当桑桑出现时，他们总显出不知如何看待桑桑的样子而远远地站着不说话。少数几个孩子，如秃鹤、阿恕，会走过来叫一声"桑桑"，但很快又不知道再与桑桑说些什么好了。那一声"桑桑"，声音是异样的，亲切而带了些怜悯。

桑桑发现，他从未像今天这样被孩子们注意。他有一种说不出的娇气和莫名其妙的满足感。他哀伤而又甜美地接受着那一双双祝福与安慰的目光，并摆出一副"我生病了"而不堪一击的样子。他忽然文静了，卫生了，就像当初纸月到油麻地小学来读书那会儿一样。所不同的是，现在他又多了些娇气与软弱。他心安理得地接受着大家的照顾，用感激而温柔的目光去看着帮助着他的人。他还在断断续续地上课。老师们对他总是表扬，即使他的课堂回答并不理想，即使他的作业错得太多。桑桑也并不觉得这一切有什么不合适，只是稍稍有点害羞。

在无数双目光里，桑桑总能感觉到纸月的目光。

自从桑桑被宣布有病之后，纸月的目光里就有了一种似有似无的惊恐与哀伤。她会在人群背后，悄悄地去看桑桑。而当桑桑偶然看到她的目光时，她会依旧望着桑桑，而不像往常那样很快将目光转到一边去。倒是桑桑把目光先转到了一边。

纸月知道桑桑生病的当天，就告诉了外婆："桑桑生病了。"

从那以后，纸月隔不几天，就会走进桑桑家的院子，或是放下一篓鸡蛋，或是放下一篮新鲜的蔬菜。她只对桑桑的母亲说一句话："是外婆让我带来的。"也不说是带给谁吃的。而桑桑的母亲在与邱二妈说起这些东西时，总是说："是纸月的外婆带给桑桑吃的。"

那天，桑乔背着桑桑从外面回来时，恰逢下雨，路滑桥滑。纸月老远看到了艰难行走着的他们，就冒着雨，从操场边的草垛上拔下了一大抱稻草，将它们厚厚地铺在容易打滑的桥上。趴在桑乔背上的桑桑远远地就看到了这一切。当桑乔背着桑桑踏过松软的稻草走进校园里，桑桑看到了站在梧桐树下的纸月：她的头发已被雨水打湿，其中几丝被雨水贴在额头上，瘦圆的下巴上，正滴着亮晶晶的雨珠。

冬天将要结束时，桑桑的身体明显地变坏了。他每天下午开始发烧，夜里睡觉时，动不动就一身虚汗，就像刚被从水中打捞出来一般。早晨起来，桑桑有一种轻飘飘的感觉，仿佛自己不久就会像他的鸽子一样飘入空中。也就在这越来越感到无望的日子里，桑乔带着桑桑去外地求医时，偶然得到一个重要的线索：在离油麻地一百多里地的一个叫牙塘的地方，有个老医生，得祖传的医术与秘方，专治桑桑的这种病，治好了许多人。

这天，桑乔领着桑桑再一次出发了。

才开始，桑桑是拒绝出发的。他大哭着："我不去！我不去！"他不想再给自己治病了。这些日子，他已吃了无数的苦头。苦药，他已不知喝下了多少碗。他甚至勇敢地接受了火针。一根那么长的针，烧得通红，向他脖子上的肿块直扎了下去……

又是温幼菊将他叫进了她的"药寮"，她什么也没有说，只是像她的奶奶当年那样，对桑桑说了一句话："别怕！"然后，就坐在红泥小炉的面前，望着药罐，唱起那天晚上唱的那首无词的歌……

文弱的温幼菊，给了他神秘的力量。

一路上，桑桑的耳边总能听到那支歌。

随着与牙塘距离的缩短，事情似乎变得越来越有希望。桑乔一路打听着，而一路打听的结果是：那个希望之所在，越来越清晰，越来越确定，越来越让人坚信不移。人们越来越仔细地向他描述着那个叫高德邦的老医生的家史以及高家那种具有传奇色彩的医疗绝招。桑乔甚至碰到了一个曾被高德邦治好的病人。那是一个四十多岁的病人，他看了一下桑桑的肿块说："和我当时的肿块一模一样，也是长在脖子上。"然后他一边向桑乔诉说着高德邦的神奇，一边让桑乔看他的脖子——光溜溜的没有任何病相的脖子。看了这样的脖子，桑乔笑了，并流下泪来。他朝他背上桑桑的屁股上使劲地打了两下。

而早已觉得走不动路的桑桑，这时要求下来自己走路。

桑乔同意了。

他们是在第三天的上午，走到牙塘这个地方的。当从行人那里认定了前面那个小镇就是牙塘时，他们却站住不走了，望着那个飘着炊烟的、房屋的屋顶几乎是清一色的青瓦盖成的小镇。在桑乔眼里，这个陌生而普通的小镇，成了让他灵魂颤栗的希望之城。牙塘！牙塘！

他在心中反复念叨着这个字眼，因为它与儿子的生命休戚相关。

桑桑觉得父亲一直冰凉干燥的手，现在出汗了。

他们走进镇子。

但仅仅是在半个小时之后，父子俩的希望就突然破灭了——

他们在未走进高家的院子之前，就已在打听高德邦家住哪儿时听到了消息："高德邦去年就已经去世了。"但桑乔还是拉着桑桑，坚持着走进了高家院子。接待他们的是高德邦的儿子。当他听明白了桑乔的来意之后，十分同情而不无遗憾地说："家父去年秋上过世了。"并告诉桑乔，高德邦是突然去世的，他们家谁也没有从高德邦那里承接下祖上那份医术。桑乔听罢，不知道自己是怎样拉着桑桑的手走出高家的院子的。

当天，桑乔没有领着桑桑回家，而是在镇上找了一家小旅馆住下了。他突然地感到，他已再也抵挡不住沉重的疲倦。他两腿发软，已几乎走不动路了。

桑桑也已疲倦不堪，进了小旅馆，和父亲一道上了床，倒头就睡。

5

桑乔和桑桑回到油麻地小学时，全校师生正在大扫除。地已扫得很干净了，但还在扫；玻璃已擦得很亮了，但还在擦。见了桑乔，从老师到学生，都一脸歉意。因为一直挂在油麻地小学办公室墙上的那面流动红旗，在这两天进行的各学校互评中，被别的学校摘去了：油麻地小学从外部环境到教学秩序，一片混乱。昨天，当这面红旗被摘掉后，老师们立即想起了此时此刻正背着桑桑走在路上的桑乔，一个个都在心里感到十分不安，他们甚至有一种犯罪感。因此，今天从一早上就开始整理校园。他们要在桑乔和桑桑回来之前，将油麻地小学恢复到桑乔未丢下工作之前的水平。

　　桑乔知道了这一切，苦笑了一声。

　　春天到了。一切都在成长，露出生机勃勃的样子。但桑桑却瘦成了骨架。桑桑终于开始懵懵懂懂地想到一个他这么小年纪上的孩子很少有机会遇到的问题：突然就不能够再看到太阳了！他居然在一天之中，能有几次想到这一点。因为，他从所有的人眼中与行为上看出了这一点：大家都已经预感到这不可避免的一天，在怜悯着他，在加速加倍地为他做着一些事情。他常常去温幼菊那儿。他觉得那个小屋对他来说，是一个最温馨的地方，他要听温幼菊那首无词歌，默默地听。他弄不明白他为什么那样喜欢听那首歌。

　　他居然有点思念大家都不愿意看到的那一天。那时，他竟然一点也不感到害怕。因为在想着这一天的情景时，他的耳畔总是飘荡着温幼菊的那首无词歌。于是，在他脑海里浮现的情景，就变得一点也不可怕了。

　　桑乔从内心深处无限感激温幼菊。因为是她给了他的桑桑以平静，以勇气，使儿子在最后的一段时光里，依然那样美好地去看一切，去想明天。

　　桑桑对谁都比以往任何时候显得更加善良。他每做一件事，哪怕是帮别人从地上捡起一块橡皮，心里都为自己而感动。

城墙落日

桑桑愿意为人做任何一件事情：帮细马看羊，端上一碗水送给一个饥渴的过路人……他甚至愿意为羊，为牛，为鸽子，为麻雀们做任何一件事情。

这一天，桑桑坐到河边，想让自己好好想一些事情——他必须抓紧时间好好想一些事情。

一只黄雀站在一根刚刚露了绿芽的柳枝上。那柳枝太细弱了，不能让黄雀站立，几次弯曲下来。黄雀不时地拍着翅膀，以减轻对柳枝的压力。

柳柳走来了。

自从桑桑被宣布有病之后，柳柳变得异常乖巧，并总是不时地望着或跟着桑桑。

她蹲在桑桑身边，歪着脸看着桑桑的脸，想知道桑桑在想些什么。

柳柳从家里出来时，又看见母亲正在向邱二妈落泪，于是问桑桑："妈妈为什么总哭？"

桑桑说："因为我要到一个很远很远的地方去。"

"就你一个人去吗？"

"就我一个人。"

"我和你一起去，你带我吗？"

"那个地方，只有我能去。"

"那你能把你的鸽子带去吗？"

"我带不走它们。"

"那你给细马哥哥了？"

"我已经和他说好了。"

"那我能去看你吗？"

"不能。"

城墙落日

"长大了，也不能吗？"

"长大了，也不能。"

"那个地方好吗？"

"我不知道。"

"那个地方也有城吗？"

"可能有的。"

"城是什么样子？"

"城……城也是一个地方，那地方密密麻麻的有很多很多房子，有一条一条的街，没有田野，只有房子和街……"

柳柳想象着城的样子，说："我想看到城。"

桑桑突然想起，一次他要从柳柳手里拿走一根烧熟了的玉米，对她说："你把玉米给我，过几天，我带你进城去玩。"柳柳望望手中的玉米，有点舍不得。他就向柳柳好好描绘了一通城里的好玩与热闹。柳柳就把玉米给了他。他拿过玉米就啃，还没等把柳柳的玉米啃掉一半，就忘记了自己的诺言。

桑桑的脸一下子红了……

第二天，桑桑给家中留了一张纸条，带着柳柳离开了家。他要让柳柳立即看到城。

到达县城时，已是下午三点。那时，桑桑又开始发烧了。他觉得浑身发冷，四肢无力。但，他坚持拉着柳柳的手，慢慢地走在大街上。

被春风吹拂着的县城，似乎比以往任何时候都要迷人。城市的上空，一片纯净的蓝，太阳把城市照得十分明亮。街两旁的垂柳，比乡村的垂柳绿得早，仿佛飘着一街绿烟。一些细长的枝条飘到街的上空，不时拂着街上行人。满街的自行车，车铃声响成密密的一片。

柳柳有点恐慌，紧紧抓住桑桑的手。

城墙落日

桑桑将父亲和其他人给他的那些买东西吃的钱，全都拿了出来，给柳柳买了各式各样的食品。还给她买了一个小布娃娃。他一定要让柳柳看城看得很开心。

桑桑的最后一个节目，是带柳柳去看城墙。

这是一座老城。在东南面，还保存着一堵高高的城墙。

桑桑带着柳柳来到城墙下时，已近黄昏。桑桑仰望着这堵高得似乎要碰到天的城墙，心里很激动。他要带着柳柳沿着台阶登到城墙顶上，但柳柳走不动了。他让柳柳坐在了台阶上，然后脱掉柳柳脚上的鞋。他看到柳柳的脚板底打了两个豆粒大的血泡。他轻轻地揉了揉她的脚，给她穿上鞋，蹲下来，对她说："哥哥背你上去。"

柳柳不肯。因为母亲几次对她说，哥哥病了，不能让哥哥用力气。

但桑桑硬把柳柳拉到背上。他吃力地背起柳柳，沿着台阶，一级一级地爬上去。不一会儿，冷汗就大滴大滴地从他的额上滚了下来。

柳柳用胳膊搂着哥哥的脖子，她觉得哥哥的脖子里尽是汗水，就挣扎着要下来，但桑桑紧紧地搂着她的腿不让她下来。

那首无词歌的旋律在他脑海里回旋着……

登完一百多级台阶，桑桑终于将柳柳背到城墙上了。

往外看，是大河，是无边无际的田野；往里看，是无穷无尽的房屋，是大大小小的街。

城墙上有那么大的风，却吹不干桑桑的汗。他把脑袋伏在城墙的空隙里，一边让自己休息，一边望着远方：太阳正在遥远的天边一点一点地往下落……

柳柳往里看看，往外看看，看得很欢喜，可总不敢离开桑桑。

太阳终于落尽。

当桑乔和蒋一轮等老师终于在城墙顶上找到桑桑和柳柳时，桑桑几乎无力再从地上站起来了……

6

桑桑脖子上的肿块在迅速地增大。离医生预见的那个日子，也已越来越近。但无论是桑桑还是父母以及老师们，反而比以往任何时候都显得平静。桑乔不再总领着桑桑去求医了。他不愿再看到民间医生那些千奇百怪的方式给桑桑带来的肉体的痛苦。他想让桑桑在最后的时光里不受打扰，不受皮肉之苦，安安静静地活着。

在这期间，发生了一件事情：纸月的外婆去世了。

桑桑见到纸月的小辫上扎着白布条，是在小桥头上。那时，桑桑正趴在桥栏杆上望着池塘里刚刚钻出水面的荷叶尖尖。

纸月走过之后，那个白布条就在他眼中不时地闪现。桑桑很伤感，既为自己，也为纸月。一连几天，那根素净的白布条，总在他眼前飘动。这根飘动的白布条，有时还独立出来，成为一个纯粹而优美的情景。

夏天到了，满世界的绿，一日浓似一日。

这天，桑乔从黑暗中的墙上摘下了猎枪，然后反复擦拭着。他记得几年前的一天，桑桑曾望着墙上挂着的这支猎枪对他说："爸，带我打猎去吧。"桑乔根本没有理会他，并告诫他："不准在外面说我们家有支猎枪！"桑桑问："那为什么？"桑乔没好气地说："不为什么！"后来，桑乔几次感觉到桑桑有一种取下猎枪去打猎的愿望。但他用冷冷的目光熄灭了桑桑的念头。现在，他决定满足儿子的愿望。他不再在乎人们会知道他从前是一个低贱的猎人。

桑乔要带桑桑好好打一回猎。

打猎的这一天，天气非常晴朗。

桑乔完全是一副猎人的打扮。他头戴一顶草帽，腰束一根布带。布带上挂着一竹筒火药。裤管也用布束了起来。当他从校园里走过时，老师和学生们竟一时没有认出他来。他已一点也不再像斯文的"桑校长"了。

走过田野时，有人在问："那是谁？"

"桑校长。"

"别胡说了，怎么能是桑校长？"

"就是桑校长！"

"桑校长会打猎？"

"怕是从前打过猎。"

桑乔听到了，转过身来，摘下草帽，好像想让人看个清楚：我就是桑乔。

桑桑跟在父亲身后，心里很兴奋。

桑乔选择了桑田作为猎场。

一块很大很大的桑田。一望无际的桑树，棵棵枝繁叶茂，还未走近，就闻到桑叶特有的清香。没有一丝风，一株株桑树，好像是静止的。

桑桑觉得桑田太安静了，静得让他不能相信这里头会有什么猎物。

然而，桑乔一站到田头时，脸上就露出了微笑："别出声，跟着我。"

桑乔从肩上取下枪，端在手中，跑进了桑田。

桑桑很奇怪，因为他看到父亲在跳进桑田时，仿佛是飘下去的，竟然没有发出一点声音，倒是他自己尽管小心翼翼，双脚落地时，还是发出了一丝声响。

桑乔端着枪在桑树下机敏而灵活地走着。

桑桑紧张而兴奋地紧紧跟随着。自从他被宣告有病以来,还从未有过这种心情。

桑乔转过头来,示意桑桑走路时必须很轻很轻。

桑桑朝父亲点点头,像猫一般跟在父亲身后。

桑乔突然站住不走了,等桑桑走近后,把嘴几乎贴在桑桑的耳朵上:"那儿有两只野鸡!"

桑桑顺着父亲的手指,立即看到在一棵桑树的下面,一只野鸡蹲在地上,一只野鸡立在那里。都是雄鸡,颈很长,羽毛十分好看,在从桑叶缝隙里筛下的阳光下一闪一闪地亮,仿佛是两个稀罕的宝物藏在这幽暗的地方。桑桑的心在扑通扑通地跳,让桑桑觉得它马上就要跳出来了,他立即用手紧紧捂住嘴,两只眼睛则死死盯住桑树下的那两只野鸡。

桑乔仔细检查了猎枪,然后小声地对桑桑说:"我点一下头,然后你就大声地喊叫!"

桑桑困惑地望着父亲。

"必须把它们轰赶起来。翅膀大张开,才容易击中。"

桑桑似乎明白了,朝父亲点了点头,眼一眨不眨地看着父亲。一见到父亲点头,他就猛地朝空中一跳,大声叫喊起来:"嗷——嗷——"

两只野鸡一惊,立即扇动翅膀向空中飞去。野鸡的起飞,非常笨拙,加之桑树的稠密,它们好不容易才飞出桑林。

桑乔的枪口已经对准野鸡。

"爸,你快开枪呀!"

桑乔却没有开枪,只是将枪口紧紧地随着野鸡。

野鸡扇动着翅膀,已经飞到四五丈高的天空中。阳光下,五颜六色

的羽毛闪闪发光，简直美丽极了。

桑乔说了一声"将耳朵捂上"，少顷，开枪了。

桑桑即使用双手捂住了耳朵，仍然觉得耳朵被枪声震麻了。他看到空中一片星星点点的火花，并飘起一缕蓝烟。随即，他看到两只野鸡在火花里一前一后地跌落下来。他朝它们猛跑过去。桑树下，他分别找到它们。然后，他一手抓了一只，朝父亲跑过来，大声叫着："爸爸！爸爸！你看哪！"他朝父亲高高地举起那两只野鸡。

桑乔看到儿子那副高兴得几乎发狂的样子，抓着猎枪，两眼顿时湿润了……

7

打猎后大约一个星期，纸月走进桑桑家的院子。桑桑不在家。纸月把一个布包包交给桑桑母亲："师娘，等桑桑回来，交给桑桑。"

桑桑的母亲打开布包，露出一个书包来。那书包上还绣了一朵好看的红莲。那红莲仿佛在活生生地开放着。

"书包是我妈做的，可结实了，能用很多年很多年。"纸月把"很多年很多年"重重地说着。

桑桑的母亲明白纸月的心意，心一热，眼角上就滚下泪珠来。她把纸月轻轻拢到怀里。桑桑的母亲最喜欢的女孩儿就是纸月。

纸月走了。但走出门时，她转过头来，又深情地看了一眼桑桑的母亲，并朝桑桑的母亲摇了摇手，然后才离去。

从外面回来的桑桑，在路上遇见了纸月。

桑桑永远改不了害羞的毛病。他低着头站在那儿。

纸月却一直看着桑桑。

当桑桑终于抬起头来时,他看到纸月不知为什么两眼汪满了泪水。

纸月走了。

桑桑觉得纸月有点异样。但他说不清楚她究竟是为什么。

第二天,纸月没有来上学。第三天、第四天,纸月仍然没有来上学。

第四天晚上,桑桑听到消息:纸月失踪了,与她同时失踪的还有浸月寺的慧思和尚。

不知为什么,桑桑听到这个消息时,并不感到事情有多么蹊跷。

板仓地方上的人,似乎也不觉得事情有多么蹊跷。他们居然根本就没有想到要把这件事报告给上头,仿佛有一对父女俩,偶然地到板仓住了一些日子,现在不想再住了,终于回故乡去了。

过了些日子,桑桑对母亲说出去玩一会儿,却独自一人走到了浸月寺。

寺门关着。四周空无一人,只有寺庙的风铃,在风中寂寞地响着。

桑桑坐在台阶上,望着那条穿过林子的幽静小道。他想象着纸月独自一人走到寺庙来的样子。不知为什么,他在心里认定了,纸月是常常从这条小道上走进寺院的,那时,她心中定是欢欢喜喜的。

桑桑陷入了困惑与茫然。人间的事情实在太多,又实在太奇妙。有些他能懂,而有些他不能懂。不懂的也许永远也搞不懂了。他觉得很遗憾。近半年时间里发生的事情,似乎又尤其多,尤其出人意料。现在,纸月又突然地离去了。他不知道,是不是所有的人,都是在这一串串轻松与沉重、欢乐与苦涩、希望与失落相伴的遭遇中长大的。

他在台阶上坐了很久。有一阵,他什么也不去想,就光听那寂寞的风铃声。

8

桑桑坚持上学,并背起纸月送给他的书包。他想远方的纸月会看到他背着这个书包上学的。他记着母亲转述给他的纸月的话——"很多年很多年"。他在心里暗暗争取着,绝不让纸月失望。

桑桑比以往任何时候都显得刚强。

仲夏时节,传来一个消息,有人在江南的一座美丽的小城看到了纸月与慧思和尚。那小城本是慧思的故乡。他已还俗了。

也是在这一时节,油麻地来了一个外地的郎中。当有人向他说起桑桑的病后,他来到了油麻地小学。看了桑桑的病,他说:"我是看不了这个病,但我知道有一个人能看。他是看这个病的高手。"于是,留了那个高手的姓名与地址。

桑乔决定再带着桑桑去试一下。

那个地方已出了本省。父子俩日夜兼程,三天后才找到那个地方。那个高手已是八十多岁的老人。他已不能站立,只是瘫坐在椅子上,脑袋稳不住似的直晃悠。他颤颤抖抖地摸了摸桑桑脖子上的肿块,说:"不过就是鼠疮。"

桑乔唯恐听错了:"您说是鼠疮?"

"鼠疮。"老人口授,让一个年轻姑娘开了处方,"把这药吃下去,一日都不能间断。七天后,这孩子若是尿出棕色的尿来,就说明药已有效应了。带孩子回去吧。"

桑乔凭他的直觉,从老人的风骨、气质和那番泰然处之的样子上,认定这一回真的遇上高手了。他向老人深深鞠了一躬,并让桑桑也深深鞠了一躬。

此后,一连几个月,桑桑有许多时间是在温幼菊的"药寮"里度过

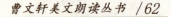

的。

温幼菊对桑桑的父母说:"我已熬了十多年的药,我知道药该怎么熬。让我来帮你们看着桑桑喝药吧。"她又去买了一只瓦罐,作为桑桑的药罐。

红泥小炉几乎整天燃烧着。

温幼菊轮番熬着桑桑的药和她自己的药,那间小屋整天往外飘着药香。

一张桌子,一头放了一张椅子。在一定的时刻,就会端上两只大碗,碗中装了几乎满满一下子熬好的中药。温幼菊坐一头,桑桑坐一头。未喝之前十几分钟,他们就各自坐好,守着自己的那一碗药,等它们凉下来好喝。

整个喝药的过程,充满了庄严的仪式感。

桑桑的药奇苦。那苦是常人根本无法想象的。但是,当他在椅子上坐定之后,就再也没有一丝恐怖感。他望着那碗棕色的苦药,耳畔响着的是温幼菊的那首无词歌。此时此刻,他把喝药看成了一件悲壮而优美的事情。

七天后,桑乔亲自跟着桑桑走进厕所。他要亲眼观察桑桑的小便。当他看到一股棕色的尿从桑桑的两腿间细而有力地冲射出来时,他舒出一口在半年多时间里一直压抑于心底的浊气,顿时变得轻松了许多。

桑乔对温幼菊说:"拜托了。"

温幼菊说:"这将近半年的时间里,你们,包括纸月在内的孩子们,让桑桑看到了许多这世界上最美好的东西,他没有理由不好好吃药。"

一个月后,桑桑的脖子上的肿块开始变软并开始消退。

就在桑桑临近考初中之前,他脖子上的肿块居然奇迹般地消失了。

这天早晨,桑乔手托猎枪,朝天空扣动了扳机。

桑乔在打了七枪之后,把猎枪交给了桑桑:"再打七枪!"

桑桑抓起那支发烫的猎枪,在父亲的帮助下,将枪口高高地对着天空。

当十四声枪响之后,桑桑看着天空飘起的那一片淡蓝色的硝烟,放声大哭起来。

桑桑虽然没有死,但桑桑觉得已死过一回了。

桑桑久久地坐在屋脊上。

桑桑已经考上了中学。桑乔因为工作出色,已被任命到县城边上一所中学任校长。桑桑以及桑桑的家,又要随着父亲去另一个陌生的地方。

桑桑去了艾地,向奶奶作了告别。桑桑向蒋一轮、温幼菊、杜小康、细马、秃鹤、阿恕……几乎所有的老师和孩子们,也一一作了告别。

桑桑无法告别的,只有纸月。但桑桑觉得,他无论走到哪儿,纸月都能看到他。

油麻地在桑桑心中是永远的。

桑桑望着这一幢一幢草房子,泪眼朦胧之中,它们连成了一大片金色。

鸽子们似乎知道它们的主人将于明天一早丢下它们永远地离去,而在空中盘旋不止。最后,它们首尾相衔,仿佛组成了一只巨大的白色花环,围绕着桑桑忽高忽低地旋转着。

桑桑的耳边,是鸽羽划过空气时发出的好听的声响。他的眼前不住地闪现着金属一样的白光。

1962年8月的这个上午,油麻地的许多大人和小孩,都看到了空中那只巨大的旋转着的白色花环……

选自长篇小说《草房子》

莺 店

1

  根鸟走出米溪之后，心中时常惦记着米溪。

  西行三日，这一天，根鸟见到了草原。

  根鸟的眼前又空大起来。米溪的实在、细腻而又温馨的日子，已使他不太习惯这种空大了。他走过荒漠，曾在那无边的空大中感受过寂寞和孤独。那时，他也许是痛苦的。但在痛苦之中，他总有一种悲壮的感觉，那种感觉甚至都能使他自己感动。然而现在，就只剩下了寂寞与孤独，而怎么也不能产生悲壮感。荒漠上，他愿意去忍受寂寞与孤独，而现在，他却是有点厌恶这种寂寞与孤独——他从内心拒绝它们。米溪留给他的印象太深刻了。米溪给他后面仍然还很漫长的旅程，留下了惰性的种子。

  根鸟已无法摆脱米溪，一路上，他总是在怀恋着米溪。米溪无时无刻不在对照着一个已截然不同的新处境。而这种对照，扰乱着他的心，损坏着他西去的意志。尽管新的事物，总在他眼前出现，但却已无法引起他的兴趣。

  秋天的草原，是金色的。草原无边无际，在阳光下变幻着颜色：随着厚薄不一的云彩的遮挡以及云彩的飘散，草原或是淡金色的，或是深金色的，又或是金红色的，有时，甚至还是黑色的。而当云彩的遮挡不完全时，草原在同一时间里，会一抹一抹地呈现出许多种颜色。草原有时是平坦的，一望无际，直到无限深远的天边。有时，却又是起伏不平的：这里是低洼，但往前不远就是高地，而高地那边又是很大一片洼地，草原展现着十分优美的曲线。因地势的不同，在同样的太阳下，草原的颜色却是多种的。

草原上的河流是弯曲的，像一条巨蟒，藏在草丛中。

根鸟本应骑在马上，沐浴着草原的金风，在碧蓝的天空下唱支歌，但他无动于衷——米溪已将他的魂迷住了。

有时会有羊群出现在河畔、洼地、高地、坡上。草原的草长得很高，风吹过时，将它们压弯了腰，羊群才能清晰地显露出来，而在风很细弱时，走动在草丛里的羊群，则时隐时现，仿佛是树叶间漏下的月光。

马群也有，但更多的时候，只是出现三两匹马。那是牧人用来放羊的。那马都漂亮得很。

在草原的深处，有人在唱歌。歌声很奇妙，仿佛长了翅膀，在草原上飞翔，或贴着草尖，或越过高地，或直飞天空。歌声苍凉而动听，直唱得人心里颤悠悠的。

然而，根鸟既不大去注意羊群与马，也不大去注意这歌声。他骑在马上，一副萎靡不振的样子。

天黑时，根鸟来到一座叫莺店的小城。

根鸟无心观看这座小城，在一家小饭馆里简单地吃了些东西之后，牵着马，找了一处可避风的地方，放开铺盖卷睡觉了。

小城四周都是空旷的草原，因此，小城的夜晚气温很低。根鸟觉得脑门凉丝丝的，一时难以入睡。他索性睁开眼睛来望着天空。这里的天空蓝得出奇，蓝得人心慌慌的，让人感到不踏实。他钻在薄被里，整个身心都感到了一种难以接受的阴凉。他掖紧被子，但仍然无济于事。他觉得有一股细溜溜的风，在他的脑袋周围环绕着。这风仿佛是一颗小小的生灵，在他的脑袋周围舔着小小的、冰凉的舌头。它甚至要钻进根鸟的被窝里去。根鸟对它简直无可奈何。

在米溪沉浸了数日的根鸟，变得脆弱了。

根鸟终于无法忍受这凄冷的露宿，而抖抖索索地穿起衣服，重新捆好铺盖卷。一切收拾清楚之后，他牵着马，朝客店走去。不远处，一家客店的灯笼在风中温暖地晃动。它使根鸟又想起了米溪的杜家大院：此刻，杜家大院门口的那两盏灯笼一定也是亮着的——那是一个多么温暖的人家！

根鸟将马拴在客店门前的树上，走进了客店。

当他身子软绵绵地躺在舒适的床上时，他在心中想：要是永远这样躺着，那该多好！

他将一只胳膊放在脑后枕着，两眼望着天窗。他看见了月亮。那月亮弯弯的，像弯曲的细眉。不觉中，根鸟想起了米溪，想起了秋蔓。他甚至又听到了秋蔓甜润的声音。当那枚月亮终于从天窗口滑过，而只剩下蓝黑色的天空时，根鸟怀疑起来：我真的有必要离开米溪吗？

根鸟人虽走出了米溪，但魂却至少有一半留在了米溪。

根鸟醒来时，已快中午了。但他不想起来。他有点万念俱灰的样子，心里一片空白，目光呆滞地望着房顶。他发现自己已没有再向前走的欲望了。感觉到这一点，他心中不免有点发慌。

根鸟起床后，懒洋洋地骑在马上，在莺店的街上溜达着。

这似乎是一个糜烂的城市。男的，女的，那一双双充满野性的眼睛

里，驻着欲望。酒楼上，深巷里，不时传来笑声。这种笑声总使根鸟感到心惊肉跳。他想找到一处清静的地方，但无法找到。这里的大街小巷，到处都散发着那种气息。这里居然有那么多的赌场。赌徒们的叫嚷声，冲出窗外，在大街上回响着。

但，根鸟就是没有离开莺店的心思。

根鸟感到了无聊——他从未感到过无聊。感觉到无聊之后，他就觉得这个世界上的一切，都是无趣的，没有味道的。他回到客店，又睡下了，直睡到天黑。

根鸟去了一家酒馆。他有了喝酒的欲望。他要了一壶酒，要了几碟菜，坐在角落里的一张桌子旁边，自斟自酌地喝着。他觉得他长大了，已是一个汉子了。酒越喝得多，他就越这样感觉，而越这样感觉，他就越喝得多。

后来，他趴在桌上睡着了。

被酒店的人推醒后，他摇摇晃晃地骑在马背上，任由马按自己的心思在这座小城里到处乱走着。

前面是一家戏园子。

根鸟让马快走几步，赶了过去。到了戏园子门口，他翻身下马，然后将马拴在树上，走上了戏园子门口的台阶。

里头早已开始吹拉弹唱，声音依稀传到根鸟耳朵里，不禁勾起了他看戏的欲望。他从小就是个戏迷。在菊坡时，只要听说哪儿演戏，即使是翻山越岭，也还是要去的。他自己又会演戏，因此他会听会看，能听得看得满眼泪水，或者咧开大嘴乐，让嘴角流出一串一串口水来。此刻，深陷无聊的根鸟，心中看戏的愿望空前地强烈。他往台阶上吐了一口唾沫，敲响了戏园子的大门。

门打开一道缝，探出一张戴老花眼镜的老脸来。

"还有座吗?"

"有的。"

根鸟闪进门里,付了钱,弯腰找了一个座位坐下了。

根鸟的第一个感觉就是舒适。从前看戏,都是在露天地里,而现在却是在一栋高大宽敞的屋子里。从前看戏,若是在冬季里,就要冒着严寒。根鸟记得,有好几次竟然是在雪花飘飘中看的,冻得缩成一团还直打哆嗦。而现在屋子里生着红红的火,暖洋洋的。那些看戏的都脱了棉衣,只穿着坎肩,还被暖和得满脸通红。

有人给根鸟递上热毛巾并端上茶来。

根鸟对这种享受一时手足无措,拿过毛巾来在脸上胡乱地擦了擦,而端起茶杯来时,竟将茶水泼洒得到处都是,有几滴还洒在旁边一个人的身上,惹得那人有点不高兴,微微皱了一下眉头。再看那些人,接过热毛巾来,慢条斯理地擦着手,擦着脸,还擦着头发,真是好潇洒。擦完了,一边用眼睛依然看着戏,一边将毛巾交还给伙计。茶杯是稳稳地端着,茶是慢慢地喝着。他们使根鸟觉得,那茶水通过喉咙流进肚里时,一路上是有让人说不出来的好感觉的。

这是一座很懂得享乐的小城。

根鸟慢慢地自然起来,也慢慢地沉浸到看戏的乐趣中。

这显然是一个档次不低的戏班子。那戏一出一出的,都很耐看。或喜或悲,或庄或谐,都能令那些看客们倾倒。一些老看客,或跟着台上的唱腔摇头晃脑,或用手指轻轻弹击桌面,跟着低声哼唱。台上唱到高潮或绝妙处,他们就会情不自禁地喊一声"好",或不遗余力地鼓掌。

根鸟沉酣于其中,暂且忘了一切。

比起那些老看客们来,根鸟也就算不得会看戏了。他不时地冒傻气,冷不丁地独自一人大喊一声"好",弄得那些看客们面面相觑,觉得莫名其妙。根鸟却浑然不觉，依然按他自己的趣味、欣赏力去看，去理解，去动情，去激动和兴奋。

根鸟已经很久没有这样投入过了。

戏演了大半时，根鸟看到后台口有一个化了妆的女孩儿闪现了一下。就是这一短暂的闪现，却使根鸟一时间不能聚精会神地看戏了。那女孩儿的妩媚一笑，总是在干扰着他去看，去听。

根鸟身旁的一个看客在问另一个看客："刚才在后台口露面的，是不是那个叫金枝的女孩儿？"

"就是她。"

根鸟就在心里记住了她的名字。他一边看戏，一边就等待着她出场。正演着的戏，其实也是不错的，但根鸟就不如先前那么投入了。

金枝终于上场了。

还未等到她开腔，台下的人就一个一个眼睛亮了起来。

金枝是踩着碎步走上台来的。那双脚因为是藏在长长的纱裙里的，在人的感觉里，她是在风中轻盈地飘上台来的。

她在荡来荡去，面孔却藏在宽大的袖子后边，竟一时不肯露出，一副羞答答的样子。

随着琴声，那衣袖终于悠悠挪开，刹那间，她的脸便如一朵稚嫩的带着露珠的鲜花开放在众人的视野里，随即获得满堂喝彩。

这是一出苦戏。金枝年纪虽小，却将这出苦戏演得淋漓尽致。她的唱腔并不洪亮，相反倒显得有点细弱。她以忧伤的言辞向人们倾诉着一个美丽而凄怆的故事。她的脸上没有夸张的表情，唱腔也无大肆渲染。她淡淡地、舒缓地唱着，戏全在那一双杏核儿样的眼睛里。微微皱起的双眉，黑黑眼珠的转动与流盼，加上眼眶中的浅浅的泪水，让全场人无不为之心动。那一时还抹不去的童音，让人不由得对她万分地怜爱。那些老人,听到后来,竟分不出她和角色了,直将她看成是一个悲苦的小姑娘,对她抱了无限的同情。

根鸟完全陷入了金枝所营造的气氛里而不能自拔。他觉得金枝所诉的苦就是他在心中埋藏了多日的苦。他将金枝的唱词一字一字地都吃进心里,并在心里品咂着一种酸溜溜的滋味。

那戏里正在说有一个无家可归的小女孩这一天走在荒无人烟的雪原上。那女孩环顾四周,竟无一个人影,不由得站在一棵大树下哭泣起来。那唱词写得真好。再由金枝将它们轻柔而又动情地唱出来,使所有在座的人在心里都觉得凄凉。他们似乎又是喜欢这种感觉的,因此都用感激与喜爱的目光看着金枝。

根鸟觉得金枝分明就是唱的他自己,眼泪早蒙住了双眼。

金枝的歌声如同秋风在水面上吹过,在清清的水面上留下了一圈一圈感伤的波纹。

或是根鸟痴痴迷迷的神情吸引了金枝,或是根鸟的一个用衣袖横擦鼻涕的可笑动作引起了金枝的注意,她竟在唱着时,一时走神,看了根鸟一眼。

根鸟透过泪幕,也看到了金枝向他投过来的目光。他在心里就起了一阵淡淡的羞愧。

金枝演完了她的戏,含羞地朝台下的人微微一鞠躬,往后台退去。而在这一过程中,她又似乎不经意地看了根鸟一眼。

下面的戏,根鸟就不大看得进去了。

台下的人在议论:"那小姑娘的扮相真好。""怕是以后的名角儿。"

根鸟的眼前就总是金枝演戏的样子。

戏全部结束后,根鸟踮起双脚,仰起脖子,希望金枝能够再出现在台上,但金枝却再也没有走出来。

根鸟最后一个走出戏园子之后，并没有立即走开。他站在不远处的阴影里，守望着戏园子的大门。他想再看到金枝。

收拾完行头，装好锣鼓家什，戏班子的人说笑着走出门来。

根鸟终于看到了走在稍微靠后的金枝。

金枝却没有看到他，随着几个女孩儿，从他的眼前走了过去。

根鸟反正无所事事，就跟在戏班子的后边。

稀稀拉拉的一队人，拐进了一条小巷。走在后头的金枝不知为什么，走着走着，忽然向后看了一眼，便看到了根鸟。她朝根鸟微微一笑，掉过头去，与姐妹们一起朝前走去。

根鸟站住了。他犹豫着，不知道是不是还要跟着走。

前面的说笑声越来越小。

根鸟又跟了上去。他也说不清楚自己为什么要跟在后边。

走出小巷，又来到了一条路灯明亮的街上。

根鸟让自己站在黑幽幽的小巷里，等他们走远了一些，才又跟了上去。

金枝似乎完全淡忘了根鸟，一直就没有再回头。

戏班子的人来到了一家客店的门口。

女店主走了出来："戏演完啦？"

"演完啦。"

根鸟看着他们一个个都走进客店的门之后，又站了一会儿，忽然想起自己的马还拴在戏园子门前的树上，这才掉转头往回跑去。

2

第二天，根鸟来到这家客店门口。他在外面徘徊了很久，也没有见到金枝。他只好空落落地离开了这家客店,在街上心不在焉地闲逛着。

有一阵,他有一种强烈的愿望,想回米溪。

在街上又晃荡了半天,他走进了一家赌场。

虽然现在是白天,但小黑屋里却因为太暗,而在屋梁上吊着四盏灯。屋里乌烟瘴气。一群赌徒将一张桌子紧紧围住。他们在玩骰子。桌上放了一只碗,碗的四周押了许多钱。操骰子的那一位,满脸油光光的,眼珠子亮亮的,不免让人心中发怵。他将骰子从碗中抓出,然后使劲攥在手心里。他看了看碗四周的钱:"还有谁押?还有谁押?"然后噗地一下往攥骰子的那只手上吹了一吹,将手放到碗的上面,猛地一张开,只听那三颗骰子在碗里,像猴儿一般跳动起来。所有的眼睛都瞪得溜圆,眼皮眨也不眨地盯着那三颗骰子。三颗骰子终于都在碗里定住,那操骰子的,大叫一声:"啊!"随即,伸出胳膊,将桌上的钱统统地拢到了自己的面前。

根鸟站在一张凳子上看着,直看得心扑通扑通乱跳。他感觉到,那些人也是这样心跳的。他仿佛听到了一屋子的扑通扑通的心跳声。

一颗颗脑袋,都汗淋淋的,像雨地里的南瓜。

一双双无毛的、有毛的、细长的、粗短的、年轻的、衰老的手,无论是处在安静状态还是处于不能自已的状态,透露出来的却都是贪婪、焦灼与不安。那些面孔,一会儿掠过失望,一会儿又掠过狂喜。喘息声、叹息声和情不自禁的狂叫声,使人备觉欲海的疯狂。

钱在桌上来来去去地闪动着。它们仿佛是一群无主的狗,一会儿属于他,一会儿又属于你。它们在可怜地被人踩躏着。

一个八九岁的光头男孩,拖着鼻涕挤进赌徒们的中间,直到将身子贴到桌边。因为他太矮,因此,看上去他的下巴几乎是放在桌面上的。他的两只奇特的眼睛,像两只小轮子一般,在骨碌骨碌地转动着。过了一会儿,他将一只脏兮兮的手伸进怀里,掏出几个小钱来。他没有打算要立即干什么,只是把钱紧紧地攥在手中,依然两眼骨碌骨碌地看着。

根鸟一直注意着这个光头男孩。

光头男孩似乎感觉到了有人在注意他,就掉过头来看了根鸟一眼。然后,他又把心思全部收回到赌桌上。

骰子在碗里跳动着,跳动着……

光头男孩伸出狗一样的舌头,在嘴唇上舔了舔,终于将他的小钱放在一堆大钱的后边。那是一个瘦子的钱。那前面的钱堆得像座小山,相比之后,他的几个小钱就显得太寒伧了。光头男孩有点不好意思。

骰子再一次在碗中落定。

光头男孩竟然连连得手。

掷骰子的那个人瞪了光头男孩一眼:"一个小屁孩子,还尽赢!"

光头男孩长大了,准是个亡命徒。他才不管掷骰子的那个人乐意不乐意,竟然将所有的钱一把从怀中抓出,全都押在瘦子的钱后边。

掷骰子的那个人说:"你想好了!"

光头男孩显得像一个久战赌场的赌徒。他将细如麻秆的胳膊支在桌子上,撑住尖尖的下巴,朝掷骰子的那个人翻了一下眼皮:"你掷吧!"意思是说:哪来的这么多废话!

骰子在那人握空的拳头里互相撞击着。那人一边摇着拳头,一边用眼睛挨个地审视着每个人的脸,直到那些人都感到不耐烦了,才一声吼叫,然后如突然打开困兽的笼门一般,将手一松。那三枚骰子凶猛地跳到了碗里……

根鸟只听见骰子在碗中蹦跳的声响,却并不能看到它们蹦跳的样子,因为那些赌徒的脑袋全都挤到了碗的上方,把碗笼罩住了。

脑袋终于又分离开来。

根鸟看见，那个掷骰子的人，很恼火地将一些钱摔在光头男孩的面前。

光头男孩不管，只知道喜孜孜地用双手将钱划拉过来，拢在怀里。

"小尾——"

门外有人叫。

"你妈在叫你。"掷骰子的那个人说。

叫小尾的孩子不想离开。

"小尾——"喊叫声过来了。

"走吧！"掷骰子的那个人指着门外，"呆会儿，你妈见着了，又说我们带坏了你。"

小尾这才将钱塞进怀里，钻出人群，跑出门去。

小尾走后，根鸟的眼睛就老盯着瘦子的那堆钱后边的空地方。他觉得那地方是个好地方。果然，瘦子又赢了好几把。根鸟的手伸进怀里——怀里有钱。当瘦子又大赢了一把之后，他跳下板凳，将钱从人缝里递上去，放在瘦子的那堆钱后边。

根鸟的手伸到桌面上来时，赌徒们都将视线转过来看这只陌生的手。他们没有阻止他。这是赌场的规矩：谁都可以押钱。

骰子脱手而出，飞到了碗里……

根鸟还真赢了。这是根鸟平生第一回赌博。当他看到掷骰子的将与他的赌注同样多的钱摔过来时，他一方面感到有点歉意，一方面又兴奋得双手发抖。他停了两回之后，到底又憋不住地参加了进来。他当时的感觉像在冬季里走刚刚结冰的河，对冰的结实程度没有把握，心里却又满是走过去的欲望，就将脚一寸一寸地向前挪，当听到咔嚓的冰裂声时，既感到害怕又感到刺激。他就这样战战兢兢地投入了进去。

根鸟居然赢了不少钱。

他用赢来的钱，又喝了酒，并且又喝醉了。

从米溪走出的根鸟，在想到自己从看到白鹰脚上的布条起，已有好几年的光景就这样白白地过去了之后，从内心深处涌出了堕落的欲望。

根鸟被风吹醒后，去做的第一件事就是去客店收拾了自己的行囊，然后骑着白马，来到了戏班子住的客店。

女店主迎了出来。

"还有房间吗？"根鸟问。

"有。"

根鸟就在金枝他们住的客店住下了。

傍晚，根鸟照料完白马，往楼上的房间走去时，在楼梯上碰到了正要往楼下走的金枝。两人的目光相遇在空中，各自都在心中微微颤动了一下。

根鸟闪在一边。金枝低着头从他身边经过时，他闻到了一股秀发的气味，脸不禁红了起来。

金枝走下楼梯后，又掉过头来朝根鸟看了一眼。那目光是媚人的。那不是一般女孩儿的目光。根鸟还从未见到过这样的目光。根鸟有点慌张，赶紧走进自己的房间。

金枝觉得根鸟很好玩，低头暗自笑了笑，走出门去。

晚上，根鸟早早来到戏园子，付了钱，在较靠前的座位上坐下了。

轮到金枝上台时，根鸟就目不转睛地看着她表演。他看她的水漫过来一样的脚步，看她的开放在空中的兰花指儿，看她的韵味无穷的眼神，看她的飘飘欲飞的长裙……那时候，除了这一方小小的舞台，一切都不存在了。

金枝迷倒了正百无聊赖的根鸟。

金枝上台不久，就看到了根鸟。她不时地瞟一眼根鸟，演得更有风采。

从此，根鸟流连于莺店，一住就是许多日子。晚上，他天天去泡戏园子，如痴如迷地看金枝的演出。那些阔人往台上扔钱，他竟然不想想自己一共才有多少钱，也学他们的样子，大方得很。若是有一天晚上他没有去戏园子，这一晚他就不知如何打发了。白天，他也想能常看到金枝，但金枝似乎天性孤独，总是一人呆在屋里，很少露面。这样，他就把白天的全部时光，都泡在赌场里。对于赌博，他似乎有天生的灵性。他在赌场时，就觉得有神灵在他背后支使着他——真是鬼使神差。他不知道怎么就在那儿下赌注了，也不知道怎么就先住了手。他心里并不清楚他自己为什么会作出那些选择。那些选择，总是让他赢钱，或者说总是让他免于输钱，但同样都无道理。他用这些钱去喝酒，去交客店的房费。莺店的赌徒们都有点不太乐意他出现在赌场，但莺店的人又无话可说。赌徒们必须讲赌博的规矩。

根鸟的酒量越喝越大。他以前从不曾想到过，他在喝酒方面，也有天生的欲望与能耐。酒是奇妙的，它能使根鸟变得糊涂，变得亢奋，从而就不再觉得无聊与孤独。不久，他就有了酒友。那是他在赌场认识的。根鸟喜欢莺店的人喝酒的方式与样子。莺店的人喝酒比起米溪的人喝酒来，更像喝酒。莺店的人喝酒——痛快！他们喝得猛，喝得不留一点余地，喝得热泪盈眶，喝得又哭又唱，还有大打出手的，甚至动刀子的。根鸟原是一个怯弱的人，但在莺店，他找到了野气。他学会草原人的豪爽了。他觉得那种气概，使他变得更像个成熟的男人了。在酒桌上，他力图要表现出比他的实际年龄要大得多的气派与做法。他故意沙哑着喉咙，"哥们儿哥们儿"地叫着，甚至学会了用脏话骂人。

莺店的人，差不多都认识了这个不知从何处流落到这里的"小酒鬼"。

小酒鬼最得意时，会骑着他的白马，在小城的街上狂跑。马蹄叩着路面，如敲鼓点。他在马背上嗷嗷地叫着，吸引得街两侧的人都纷纷拥到街边来观望。

这天，他喝了酒，骑着马又在街上狂跑时，正好被上街买东西的金枝看到了。当时，金枝正在街上走，就听见马蹄声滚滚而来，还未等她反应过来，那马就已经呼啦冲过来了。她差一点躲闪不及被马撞着。

根鸟掉转马头，跑过来，醉眼朦胧地看着金枝。

金枝惊魂未定，将手指咬在嘴中，呆呆地看着他。

他朝金枝痴痴地一笑，用力一拍马的脖子，将身子伏在马背上，旋风一般地向街的尽头跑去。

3

不知为什么，根鸟开始有点害怕金枝的目光了。他一见到这种目光，就会面赤耳热，就会手足无措。

但金枝却渐渐胆大起来。她越来越喜欢把黑黑的眼珠儿转到眼角上来看根鸟，并用一排又白又匀细的牙咬住薄薄的嘴唇。她甚至喜欢看到根鸟的窘样。

夜里，根鸟躺在床上时，有时也会想到金枝：她的那对让人心慌意乱的眼睛，她的那两片永远那么红润的嘴唇，她的那两只细软的长臂，她的如柳丝一般柔韧的腰肢……每逢这时，根鸟就会感到浑身燥热，血管一根根都似乎在发涨。他就赶紧让自己不要去想她。

但，根鸟自从头一次见到金枝时，就隐隐地觉得她挺可怜的。

他无缘无故地觉得，金枝的目光深处藏着悲伤。

这天晚上，金枝在别人演出时，穿着戏装坐在后台的椅子上睡着了。此时，靠着她的火盆里，木柴烧得正旺。不知是谁将后台的门打开了，一股风吹进来，撩起她身上的长裙，直飘到火上。那长裙是用上等的绸料做成的，又轻又薄，一碰到火，立即被燎着了，转眼间就烧掉了一大片。

一个男演员正巧从台上下来，一眼看到了金枝长裙上的火，不禁大叫一声："火！"随即扑过去，顺手端过一盆洗脸水，泼浇到金枝的长裙上。

睡梦中的金枝被惊醒时，火已经被水泼灭了。

那个人的喊声惊动了所有的人。第一个跑到后台的是班主。他一句话也没说，只是冷冷地站在那儿看着。

金枝看到了那双目光，站在墙角里浑身打着哆嗦。

不知什么时候，班主走掉了。

金枝小声地哭起来。两个比她大的女孩儿过来，一边帮她脱掉被烧坏的长裙，一边催促她："快点另换一件裙子，马上就该你上场了。"

金枝是在提心吊胆的状态中扮演着角色的。她的脚步有点混乱，声音有点发颤。若不是化了妆，她的脸色一定是苍白的。

台下的根鸟看出，金枝正在惊吓之中。散场后，他就守在门口。戏班子的人出来后，他就默默地跟在后边。他从女孩儿们对金枝安慰的话语里知道了一切。

那个班主甩开戏班子，独自一人，已经走远了。

根鸟无法插入。他甚至连一句安慰的话也不好对金枝说，心里除了着急之外，还不免有点怅然。他见有那么多人簇拥着金枝，便掉转头去了酒馆。

夜里，根鸟喝得醉醺醺的，摇摇晃晃地回到了客店。上楼梯时，他就隐隐约约地听到金枝的房间里有低低的呻吟声。越是走近，这种呻吟

一河大鱼向东游 /79

声就越清晰。她好像在一下一下地挨着鞭挞。那呻吟声一声比一声地凄厉起来。呻吟声里，似乎已含了哭泣与求饶。但，那个鞭挞她的人，却似乎没有丝毫的怜悯之心，反而越来越狠心地鞭挞她了。

根鸟听着这种揪人心肺的呻吟声，酒先醒了大半。他茫然地在过道上站了一阵之后，"吃通吃通"地跑到楼下，敲响了女店主的门。

女店主披着衣服打开门来："有什么事吗？"

根鸟一指楼上："有人在欺负金枝。"

女店主叹息了一声："我也没有办法。她是那班主在她八岁时买来的，他要打她，就能打她，谁也不好阻拦的。再说了，那件戏装也实在是件贵重的物品，班主打她，也不是没有道理的。"

"她在叫唤！你就去劝劝那个班主吧。"

"哼，那个人可不是谁都能劝阻得了的。"女店主一边说，一边关上门，"你就别管了。"

根鸟只好又"吃通吃通"地跑上楼来。

金枝确确实实在哭泣。那呻吟声低了，但那是因为她已无力呻吟了。

根鸟听到了鞭子在空中抽过时发出的声音。当金枝再一次发出尖厉的叫声时，他不顾一切地用肩膀撞着门，并愤怒地高叫："不准打她！"

根鸟的叫声，惊动了许多房客，他们打开门，探出脑袋来看着。

"不准打她！"根鸟一次又一次地撞击着门。

房门打开了，烛光里站着满脸凶气的班主。

"不准打她！"根鸟满脸发涨，气急败坏地喊叫着。

班主冷笑了一声："知道我为什么打她吗？"

"不就是为了一件破戏装吗？"

"嚆！你倒说得轻巧。你来赔呀？"

根鸟气喘吁吁，一句话说不出来。

"你赔得起吗？"

"我赔得起。"

班主蔑视地一笑："把你的钱拿出来让我们见识见识。"

根鸟不说话。

"这里没你的事，一边去！"

根鸟戳在门口，就是不走。

班主上下审视着根鸟，然后说："你不过也就是个小流浪汉，倒想救人，可又没那个本钱！"他不再理会根鸟，抓着鞭子，又朝正在啜泣的金枝走去。

根鸟透过幔子，看到金枝耸着瘦削的双肩在哆嗦着。他一把从腰上摘下钱袋，高高地举在手中，叫着："我赔，我现在就赔！"

班主半天才回过头来。

根鸟从钱袋里抓出一大把钱来，往地上一扔："这么多，总够了吧？"

那个班主不过也就是个小人，一边尴尬地笑着，一边从地上将那些钱一分不落地捡起来，全都揣进怀里。然后，他冲着金枝说："算你今天运气！"说罢，扬长而去。

幔子的那一边，金枝的身影还在微微地颤抖着。

那幔子很薄，浅绿色的底子上印着小小的黄花。在烛光的映照下，那些小黄花便好像在活生生地开放着。

过了一会儿，金枝撩开幔子，露出她的脸来。她感激地望着根鸟。

根鸟打算走回自己的房间时，从金枝的眼神里听出一句：你不进来坐一会吗？

根鸟犹豫着，又见金枝用眼神在召唤他：进来吧。

根鸟走进了屋子。

金枝说:"外面风冷。"

根鸟就将门关上了。

金枝回头往里边看了一眼:"到里边来吧。"

根鸟摇了摇头。

"里面有椅子。"

"我就站在外面。"

金枝将椅子搬到了幔子的这边。

根鸟等金枝重新回到幔子那一边之后,才在椅子上坐下。

"这间屋子就你一个人住吗?"

"本来有一个姐姐和我一起住的,后来她生病了。不久前,她回老家去了。暂且就我一个人住着。"

根鸟干巴巴地坐在椅子上,不知道说什么。

"以后不要再去看我的戏了。"

"……"

"你不能把钱全花在那儿。"

"……"

"你从哪儿来?"

"菊坡。"

"菊坡在哪儿?"

"很远很远。"

"你去哪儿?"

根鸟不愿道出实情,含糊地说:"我也不知去哪儿。"

"早点离开莺店吧。莺店不是好地方。"

"你家在哪儿?"

"我不知道。"

烛光静静地亮着。

"你多大了？"金枝问。

"快十八了。"

"可你看上去，还像个孩子。"

"你也是。"根鸟笑了。

金枝也笑了："人家本来就才十六岁。"

金枝在幔子那一边的另一张椅子上也坐下了。

他们东一句西一句地说着话。根鸟自然说到了大峡谷。金枝很认真地听着，听完了，自然要笑话他。根鸟吃惊地发现，他忽然变得无所谓了，还跟着金枝一起笑——笑自己，仿佛自己就是个该让人笑的大傻瓜。金枝就向根鸟讲她小时候的事：她的老家那边到处都是河，她七岁时就能游过大河了，母亲说女孩子家不好光着身子让男孩看见的，可她就是不听妈妈的话，还是尽往水里去——光着身子往水里去……她最喜欢做的一件事就是坐在风车的车杠上，让风车带着她转圈圈。有一回风特别大，风车转得让她头发晕，最后竟然栽倒在地上，差点磕掉一颗门牙……

两个人都觉得寂寞，各坐在幔子的一边，唧唧咕咕地一直谈到后半夜。这时金枝打了一个哈欠，要从椅子上起来，但哎哟呻吟了一声，又在椅子上坐下了。

根鸟将脑袋微微伸进幔子里："很疼吗？"

金枝将手伸进衣服，朝后背小心翼翼地抚摸而去。过不一会儿，她低声哭泣起来。

"伤得重吗？"

金枝站起来，默默地将上身的衣服一件一件地脱掉。然后她将双臂支撑在椅子上，将后背冲着根鸟："你看吧。"

根鸟十分慌张。他瞥了一眼,赶紧低下了头。这是他第一回见到女孩儿的身子。

金枝的眼泪,一滴一滴地落在椅面上,发出扑嗒扑嗒的声音。

根鸟慢慢地抬起头来。他看到一个瘦长的脊背。那脊背上有一道道暗红的鞭痕。那鞭痕因为脊椎的一条细沟,而常被断开。

"好几道吧?"

"嗯。"

金枝自己可怜起自己来,竟然哭出了声。

根鸟无意中看到了烛光从侧面照来时金枝映照在墙上的影子:由于上身是倾伏着的,金枝胸脯的影子便犹如人在月光下看到了两只倒挂着的梨。根鸟的心一下子一下子地蹦跳着。他将脸侧过,对着门口。

4

根鸟还是天天晚上去看金枝的戏。看完戏,根鸟总是转来转去地想到金枝的房里去看她。而金枝也似乎很喜欢他去看她。两人总要待到很久,才能依依不舍地分开。

班主看在眼里,在心中冷笑:蛮好蛮好,将这小子的钱袋掏空了,再叫他滚蛋。

根鸟的钱袋越来越瘪了。那原是一个鼓鼓囊囊的钱袋。杜家的工钱是很丰厚的,他在前些日子又赢了不少钱。但现在已经所剩无几了。

根鸟终于不能再去看金枝的戏了。

根鸟不顾金枝的劝说,又去了赌场。但这一回,却几乎将他输尽了。被赌场上的人赶出来之后,他将剩下来的一点钱,全都拍在了酒店的柜台上。

根鸟摇晃着回到客店,但未能走回自己的房间,就在楼梯上醉倒了。

金枝闻讯,急忙跑下来,将根鸟的一只胳膊放在她的脖子上,吃力地架着他,将他朝楼上扶去。他在朦胧中觉得金枝的脖子是凉的。他的脑袋有点稳不住了,在脖子上乱晃悠。后来索性一歪,靠在金枝的面颊上。他感到金枝的两颊也是凉的。他闻到了一股气味,他从未闻到过这样的气味——女孩儿的气味。他的心底里,似乎还有那么一点清醒的意识。但这一点清醒的意识,显得非常虚弱,不足以让他在此刻清晰起来。他就这样几乎倒在金枝身上一般,被金枝架回到她的房间里——根鸟因交不起房钱,就在他出去喝酒时,女店主已让人将他的房间收回了。

根鸟被金枝扶到床上。他模模糊糊地觉得,金枝用力地将他的脑袋搬到枕头上。金枝给他脱了鞋。她大概觉得他的脚太脏了,还打来了一盆热水,将他的脚拉过来,浸泡在热水里。她用一双柔软但却富有弹性的手,抓住他的脚,帮他洗着。那种感觉很特别,从脚板底直传到他的大脑里。他有点害臊,但却由她洗去。

根鸟醒来时,已是第二天的早晨。当他发现自己是睡在金枝的床上时,感到又羞又窘。

此时,金枝趴在椅背上,睡得正香。

根鸟怔怔地望着她,心中满是愧意。他轻轻地下了床,穿上鞋,看了金枝一眼,轻轻地叹息了一声,开了门,走了出去。

他已什么也没有了。

他又回头看了一眼楼上金枝的房间,走出客店。他从大树上解下白马,跳上马背,双脚一敲马腹,白马便朝小城外面的草原飞奔而去。

初冬的草原,一派荒凉。稀疏的枯草,在寒风中颤抖。几只苍鹰在

灰色的天空下盘旋，企图发现草丛中的食物。失去绿草的羊与马，无奈地在寒风里啃着枯草。它们已不再膘肥肉壮，毛也不再油亮。变长了的毛，枯涩地在风中掀动着，直将冬季的衰弱与凄惨显示在草原上。

根鸟骑着白马，在草原上狂奔。马蹄下的枯草，纷纷断裂，发出一种干燥的声音，犹如粗沙在风中的磨擦。

马似乎无力再跑了，企图放慢脚步，但根鸟不肯。他使劲地抽打着它，不让它有片刻的喘息。马已湿漉漉的了，几次腿发软，差一点跪在地上。

前面是一座山冈。

根鸟催马向前。当马冲上山冈时，根鸟被马颠落到地上。他趴在地上，竟一时不肯起来。他将面颊贴在冰凉的土地上，让那股凉气直传到焦灼的心里。

马站在山冈上喘息着，喷出的热气在空气中形成淡淡的白雾。

根鸟坐起来，望着无边无际的草原，心中感到了从未有过的孤独。

就像这冬季的草原一样，根鸟已经空空荡荡什么也没有了。他觉得他的心空了。

中午时，阳光渐渐强烈起来。远处，在阳光与湖泊反射的光芒的作用下，形成了如梦如幻的景象。那景象在变化着。根鸟说不清那些景象究竟像什么。但它们却总能使根鸟联想到什么：森林、村庄、宫殿、马群、帆船、穿着长裙的女孩儿……那些景象是美丽的，令人神往的。

根鸟暂时忘记了心头的苦痛，痴迷地看着。

太阳的光芒渐弱，不一会儿，那景象便像烟一样，在人不知不觉之中飘散了。

根鸟的眼前，仍是一片空空荡荡。

冷风吹拂着根鸟的脑门。他开始从多年前的那天见到白色的鹰想起，直想到现在。当空中的苍鹰忽地俯冲而下去捕获一只野兔却未能如愿、只好又无奈地扯动自己飞向天空时，根鸟终于开始怀疑自己是不是成了幻觉的牺牲品。

根鸟想起了父亲，想起了在火光中化为灰烬的家，想起了在黑矿里的煎熬，想起了被他放弃了的米溪与秋蔓，想起了一路的风霜、饥饿与种种无法形容的苦难，想起了自己已孑然一身、无家可归，他颤抖着狂笑起来。

终于笑得没有力气之后，他躺倒在地上，两眼直勾勾地望着天空，在嘴中不住地说着：你这个傻瓜，你这个傻瓜……

他恨那个大峡谷，恨紫烟，恨梦——咬牙切齿地恨。

根鸟已彻底厌倦了。

根鸟要追回丢失的一切。

他骑上马，立在冈上，朝莺店望了望，将马头掉向东方。

他日夜兼程，赶往米溪。

根鸟后悔了对米溪的放弃——那是一个多么实实在在的地方！后悔对秋蔓的背离——有什么理由背离那样一个女孩儿？

根鸟觉得自己忽然变得单纯与轻松了。他终于冲破梦幻的罗网。他从空中回到了地上。他觉得自己开始变得实在了。他有一种心灵遭受奴役之后而被赎身回到家中的感觉。

马在飞跑，飞起的马尾几乎是水平的。

一路上，他眼前总是秋蔓。他知道，杜家大院是从心底里想接纳他的。

这天早晨，太阳从大平原的东方升起来时，根鸟再一次出现在米溪。

米溪依旧。

根鸟没有立即回杜家大院——他觉得自己无颜回去。他要先找到湾子他们，然后请他们将他送回杜家大院。他来到大河边。湾子他们还没来背米。他在河边上坐下望着大河，望着大河那边炊烟袅袅的村庄。

河面上，游过一群鸭子。它们在被关了一夜之后，或在清水中愉快地撩水洗着身子，或扇动着翅膀，将河水扇出细密的波纹。它们还不时地发出叫唤声。这种叫唤声使人觉得，这里的一切都是令人惬意的。有船开始一天的行程，船家在咳嗽着，打扫着喉咙，好让自己有神清气爽的一天。对岸，一只公鸡站在草垛上，冲着太阳叫着。狗们也不时地叫上一声，凑成了一份早晨的热闹。

米溪真是个好地方。

湾子他们背米来了。

根鸟坐在那儿不动，他并无让他们忽生一个惊奇的心思，而只是想让湾子他们并不惊乍地看到他根鸟又回来了——他回来是件自然的事情。

湾子他们还是惊奇了："这不是根鸟吗？""根鸟！""根鸟啊！"

根鸟朝他们笑笑，站了起来。他要使他们觉得，他们的一个小兄弟又回来了。

湾子望着根鸟："你怎么回来了？"

根鸟依旧笑笑："回来背米。"

根鸟与湾子他们一起朝码头走去。一路上，湾子他们说了许多话，但不知为什么，就是没有谈到杜家。当湾子打算上船背米时，根鸟问道："老爷好吗？"

湾子答道："好。"

根鸟又问："太太好吗？"

湾子答道："好。"

根鸟就问到这里。他在心里希望湾子他们能主动地向他诉说秋蔓的情况。然而，湾子他们就是只字不提秋蔓。等湾子已背了两趟米之后，根鸟终于憋不住了，问道："秋蔓好吗？"

湾子开始抽烟。

其他的人明明也已听到了根鸟的问话，却都不回答。

湾子吸了几口烟，问道："根鸟，告诉大哥，你是冲秋蔓回米溪的吗？"

根鸟低头不语。

湾子说："你怎么现在才回来？"

根鸟疑惑地看着湾子。

湾子说："秋蔓已离开米溪了。"

"离开米溪了？"

"半个月前，她进城了。"

"还去读书吗？"

"她嫁人了，嫁给了她的一个表哥。"

根鸟顿觉世界一片灰暗。

湾子他们全都陪着根鸟在河边上坐了下来。

根鸟似乎忘记了湾子他们。他坐在河边上，呆呆地望着河水中自己的影子。早晨的河水格外清澈。根鸟看到了自己的面容：又瘦又黑的脸上，满是疲倦；双眼似乎落上了灰尘，毫无光泽，也毫无生气。

根鸟无声地哭起来。

当他终于清楚了自己的处境时，他站了起来，对湾子他们说："我该走了。"

湾子问："你去哪儿？"

根鸟说："去莺店。"

湾子说:"你不去杜家看一看?"

根鸟摇了摇头,说:"不要告诉他们我回过米溪。"他与那一双双粗糙的大手握了握之后,走向在河坡吃草的马。

湾子叫道:"根鸟!"

根鸟站住了,望着湾子:有事吗?

湾子从口袋里掏出一些钱来,放在根鸟的手上。

根鸟不要。

湾子说:"我看到你的钱袋了。"

其他的人也都过来,各自都掏了一些钱给了根鸟。

根鸟没有再拒绝。他将钱放入钱袋,朝湾子他们深深地鞠了躬,就跑向白马,然后迅捷地又离开了米溪。

当马走出米溪,来到旷野上时,根鸟骑在马背上,一路上含着眼泪唱着。他唱得很难听。他故意唱得很难听:

莲子花开莲心动,
藕叶儿玲珑,
荷叶儿重重。
想当初,
托你担水将你送,
到如今,
藕断丝连有何用?
奴比作荷花,
郎比作西风。
等将起来,
荷花有定风无定,

荷花有定风无定……

他急切地想见到金枝。

他回到了莺店之后,先交了钱,又住进了戏班子住的客店。他没有去看金枝,而是上街洗了澡,理了发,并且买了新衣换上。在饭馆里吃了饭后,他早早地来到了戏园子。

金枝直到上台演出后,才看到焕然一新的根鸟。她不免感到惊讶,动作就有点走样,但很快又掩饰住了。

后来的那些日子,根鸟又像往常一样,白天去赌场,晚上去泡戏园子。他根本不管自己身上一共才有多少钱,一副今朝有酒今朝醉的样子。

"你离开莺店吧。"这天夜里,金枝恳切地对他说。

"不。"

"走吧,快点离开这儿吧。"金枝泪水盈盈。

依然还是一道幔子隔着。根鸟只想与金枝呆在一起。他已无法离开金枝。如今的根鸟在孤独面前,已是秋风中的一根脆弱的细草,他害怕它,从骨子里害怕它。漫长的黑夜里,他已不可能再像从前,从容地独自露宿在街头、路边与没有人烟的荒野上了。他要看到金枝房间中温暖的烛光,看到她的身影,听到她微如细风的呼吸声。金枝一举手,一投足,一个微笑,一声叹息,都能给他以慰藉和生趣。

然而,他又没有钱了。

金枝拿出自己的钱来,替他先付了客店的房费和泡戏园子的钱。但没过几天,她终于也付不起了。

晚上,痴呆呆的根鸟只能在戏园子的门外转悠着。他急切地想进去,其情形就像一只鸡到了天黑时想进鸡笼而那个鸡笼的门却关着,急得它团团转一样。

他终于趁看门人不注意时，偷偷地溜进了戏园子。他猫着腰，走到了最后面，然后一声不响地站在黑暗里。

开始，戏园子里的人也没有发现他。等上金枝的戏了，才有人看到他，于是就报告了班主。

班主发出一声冷笑，带了四五个人走过来，叫他赶快离开。

台上，金枝正在唱着，根鸟自然不肯离去。

"将他轰出去！"班主一指根鸟的鼻子，"想蹭戏，门也没有！"

那几个人上来，不由分说，将根鸟朝门外拖去。根鸟拼命挣扎。

班主道："他再不出去，就揍扁他！"

其中一个人听罢，就一拳打在了根鸟的脸上。根鸟的鼻孔顿时就流出血来。

台上的金枝看到了，就在台上一边演戏，一边在眼中汪满泪水。

根鸟终于被赶到了门外。他被推倒在门前的台阶上。

天正下着大雪。

根鸟起来后，只好离开了戏园子。他牵着马走在莺店的街上。他穿着单薄的衣服，望着酒店门前红红的灯笼，只能感到更加寒冷——寒冷到骨头缝里，寒冷到灵魂里。他转呀转的，在戏园子散场后，又转到了那个客店的门前。他知道，这里也绝不会接纳他了。但他就是不想离开这儿。他牵着马，绕到了房屋的后面。他仰头望去，从窗户上看到了金枝屋内寂寞的烛光。

不一会儿，金枝的脸就贴到了窗子上。

班主已经交代金枝："不要让那个小无赖再来纠缠了！"

他们只能在寒夜里默默地对望。

第二天，根鸟牵着马，在街上大声叫唤着："卖马啦！卖马啦！谁要买这匹马呀！"

这里是草原，不缺马。但，这匹白马，仍然引得许多人走过来打听价钱：这实在是一匹难得的好马。这里的人懂马，而懂马的结果是这里的人更加清楚这匹马的价值。他们与根鸟商谈着价钱，但根鸟死死咬住一个他认定的钱数。他心里比任何人都清楚这是一匹什么样的马。它必须有一个好价钱。他不能糟踏这匹马。他的心一直在疼着。他在喊卖时，眼中一直汪着泪水。当那些人围着白马，七嘴八舌地议论它或与他商谈价钱时，他对他们的话都听得心不在焉。他只是用手不住地抚摸着长长的马脸，在心中对他的马说："我学坏了。我要卖掉你了。我是这个世界上最没良心的人……"

　　马很乖巧，不时伸出软乎乎、温乎乎的舌头舔着他的手背。

　　直到傍晚，终于才有一个外地人肯出根鸟所要的价钱，将白马买下了。

　　白马在根鸟将缰绳交给买主时，一直在看着他。它的眼睛里竟然也有泪。

　　有那么片刻的时间，根鸟动摇了。

　　"到底卖还是不卖？"那人抓着钱袋问。

　　根鸟颤抖着手，将缰绳交给那个人，又颤抖着手从那个人手中接过钱袋。

　　那人牵着白马走了。

　　根鸟抓着钱袋，站在呼啸的北风里，泪流满面。

5

　　春天。

　　草原在从东南方刮来的暖风中，开始变绿。空气又开始变得湿润。

又遇板金

又遇板金

几场春雨之后，那绿一下子浓重起来，整个草原就如同浸泡在绿汁里。天开始升高、变蓝，鹰在空中的样子也变得轻盈、潇洒。野兔换了毛色，在草丛中如风一般奔跑，将绿草犁出一道道沟痕来。羊群、牛群、马群都变得不安分了，牧人们疲于奔命地追赶着它们。

莺店的赌徒、酒徒们，在这样的季节里，变得更加没有节制。他们仿佛要将被冬季的寒冷一时冻结住的欲望，加倍地燃烧起来。

莺店就是这样一座小城。

根鸟浑浑噩噩地走过冬季，又浑浑噩噩地走进春季。

这天，金枝问根鸟："你就不想去找那个紫烟了吗？"

根鸟从他的行囊中翻到那根布条，当着金枝的面，推开窗子，将布条扔出窗口。

布条在风中凄凉地飘忽着，最后被一棵枣树的一根带刺的枝条勾住了。

金枝却坐在床边落泪："我知道，其实你只是觉得日子无趣，怕独自一人待着，才要和我待在一起的。"

根鸟连忙说："不是这样的。"

"就是这样的。你心已经死了，只想赖活着了。"

根鸟低着头："不是这样的。"

金枝望着窗外枣树上飘忽着的布条，说道："不知道为什么，这些天，我竟觉得那个大峡谷也许真是有的……"

根鸟立即反驳道："没有！"

金枝没有与他争执，楼下有一个女孩儿叫她，她就下楼去了。

根鸟的脑子空洞得仿佛就只剩下一个葫芦样的空壳。他走到窗口，趴在窗台上，望着窗外的小城。那时，临近中午的太阳，正照着这座小城。一株株高大的白杨树，或在人家的房前，或在人家的房后蹿出来，衬着三月的天空。根鸟觉得天空很高很高，云彩很白很白。他已有很长时间不注意天空了，现在忽然地注意起来，见到这样一个天空，心中不禁泛起了小小的感动。

一群鸽子在阳光下飞翔，随着翅膀的扇动、舒展与飞行方向的变化，阳光在空中跳动与闪耀，使空中充满了活力。

他长时间地站在窗口。那根布条还被树枝勾着。它的无休止的飘动，仿佛在向根鸟提醒着什么。

过了不一会儿，金枝回来了，说："昨晚上，客店里来了一个怪怪的客人。"

"从哪儿来的？"根鸟随意地问道。

"不知道。那个人又瘦又黑，老得不成样子了，怪怕人的。他到莺店，已有好多日子了，一直在帮人家干活。前天，突然觉得自己身体不行了，才住到这个店里。他想在这里好好养上几天，再离开莺店。但依我看，那人怕是活不长了。你没有见到他。你见到他，也会像我这样觉得的。"

两人说了一会儿那个客人，便不再提他。

但这天夜里散戏回来，根鸟心中不知想到了什么，突然对金枝说道："我忽然想起一个人来。你说说，那个住在楼下的客人，个儿多高？"

"细高个儿，高得都好像撑不住似的，背驼得很。"

根鸟急切地问了那人的脸形、眼睛、鼻子、嘴巴以及其他情况。在金枝一一作了描述之后，根鸟疑惑着："莫不是板金先生？"

"谁叫板金先生？"金枝问。

根鸟就将他如何认识板金先生以及有关板金先生的情况，一一道来。

又遇板金

这天夜里,根鸟没有睡着。天一亮,他就去看那个客人。

客人躺在床上,听到了开门声,无力地问道:"谁呀?"

根鸟一惊。这声音虽然微弱,而且又衰老了许多,但他还是听出来了像谁的声音。他跑过去,仔细看着那个人的面容。根鸟的嘴唇开始颤抖了:"板金先生!"

客人听罢,用细得只剩一根骨头的胳膊支撑起身体:"你是……"

"我是根鸟,根鸟呀!"

"你是根鸟?根鸟?"

根鸟点着头,眼泪早已汪满眼眶。

板金先生激动不已。他要起来,但被根鸟阻止了:"你就躺着吧。"

"我们打从青塔分手,已几年啦?"板金问道。

"好几年了。"

"你已是大人了。你连声音都变了。"板金抓着根鸟的手,轻轻摇着说。

根鸟觉得板金真是衰老得不行了:他就只剩下一副骨架了。根鸟担心一阵风就能把他吹跑。根鸟还从未看到过如此清瘦的人,即使父亲在去世前,也没有清瘦得像他这副样子。根鸟心中不禁生出一股怜悯来。

根鸟在板金的床边坐下,两人互相说着分别之后的各自的情形,仿佛有无穷无尽的话儿要说。

过了两天,板金才问根鸟:"你怎么呆在莺店不走了?"

根鸟没有回答。

板金让根鸟将他扶出客店,来到门外的一处空地上,在石凳上坐下,说:"其实,你的事,我早在住进这家客店之前,已从这个城里的一些人那里多多少少地听说了。整个这座城,都常常在谈论你。你学会了赌博,你学会了喝酒,常常烂醉如泥地倒在街上。你还和一个唱戏的女孩儿……"

"我只是愿意和她呆在一起。"根鸟的脸红了。

"其实，你心里并不一定就喜欢那个女孩儿。你是害怕孤独。你只是想在这里从此停住。你是不想再往前走了。你存心想让自己在这里毁掉。"板金失望地摇了摇头，用枯枝一样的指头指着根鸟，长长地叹息了一声，"你呀……"

根鸟倚在一棵树上，无言以答。

"从前，你什么也不怕。千里迢迢，你独自一人走在路上。但你挺着脊梁。因为，你心里有个念头——那个念头撑着你。而如今，这个念头没有了，跟风去了，你就只想糟践自己了……"板金说，"你不该这样的，不该。"

根鸟眼中大滴地滚出泪来。

"你长途跋涉，你死里逃生，你一把火将你的家烧成灰烬，难道就是为了到莺店这个地方结束你自己吗？你真傻呀！"

板金已不可能再大声说话了。但就是这微弱的来自他内心深处的话，却在有力地震撼着根鸟。他心头的荒草，仿佛在急风中起伏倾倒，并发出金属般的声响。

"晚上睡觉时，闭起你的双眼，去想那个大峡谷吧！"

整整一天，根鸟都在沉默中。

黄昏时，他又站到房间的窗口。他看见那根布条还在晚风中飘动着，它仿佛在絮语，在呼唤着他。

就在这天夜里，久违了的大峡谷又来到了他的梦中——

大峡谷正是春天。那棵巨大的银杏树，已摇动着一树的扇形的小叶，翠生生的。百合花无处不在地开放着，整个大峡谷花光灿烂。白鹰刚换过羽毛，那颜色似乎被清冽的泉水洗过无数遍，白得有点发蓝。它们或落在树上，或落在草地上，或落在水边。几只刚会飞的雏鹰，绕着银杏树，在稚嫩地飞翔。一条溪流淙淙流淌，水面上漂着星星点点的落花。

银杏树下的那个棚子上，此时插满了五颜六色的花。

当紫烟终于出现时，根鸟几乎不敢相认了：她竟然出落成那样一个亭亭玉立的少女。

甘泉、果浆、湿润的空气，给了她美丽的容颜。风雪、寒霜，倒使她变得结实了。或许是她已经习惯了，或许是她不再抱有离开大峡谷的希望，她倒显得比从前安静了。这里有花，有鹰，有叮咚作响的泉水，有各色鸟儿的鸣啭，她似乎已经能够忍受这里的寂寞了。原先微皱的眉头，已悄然舒展，眼睛里的忧伤也已深深地藏起。显露在阳光下的，更多的是清纯之气与一个女孩儿才有的柔美。

她一回头，看见了根鸟，害羞便如一只小鸟从她的脸上轻轻飞过。她望着根鸟，含情脉脉。

她的手腕上戴着她自己做的花环。

峡谷里有风，撩着她一头的秀发。那头发很长，像飘动的瀑布。

有雾，她在雾里时隐时现。

她已是绿叶下一枚即将成熟的果子。但最终，根鸟仍然从她的眼睛里看到了她的软弱、稚嫩与深情而悲切的呼唤。

根鸟醒来时，窗外正飘着一弯月亮。

根鸟没有将梦告诉金枝，也没有将梦告诉板金。但他自己却一连两天，都在回想着那个梦。

几天后的早晨，板金对根鸟说："我又要上路了。"

根鸟不说话。

板金只是用眼睛望着根鸟：难道你不想与我同行吗？

根鸟依然没有任何表示。

板金叹息了一声,背着他的行囊,吃力地走了。他实际上已经无力再走了,但他还是用尽最后的力气走上了西去的路。

根鸟望着他的背影,心头一阵发酸。

板金走后不久,根鸟爬上枣树,摘下了那根布条……

6

这天中午,板金在离开莺店四五里的地方,坐在路边一块石头上喘息。他掉头回望走过的路,看到了一个背着行囊的人正朝他这边走来。"根鸟!根鸟!"他在心中念着根鸟的名字,"他到底还是来了!"

根鸟赶上来了。他朝板金笑笑。

板金站起来,将胳膊放在根鸟的肩头,用尽力气搂了搂他,一句话也没有说。

他们继续西行。根鸟扳了一根树枝,给板金当拐棍,还在一旁扶着他。两人唱着歌,一起走在旷野上。

三天后,他们走到了草原的边缘。他们看到了隐隐约约的大山。其中一座最高的山,当太阳冲出云雾时,山头便呈现出皑皑白雪。它使天地间显出一派静穆。而当云雾又席卷过来,它梦幻一般沉没时,又给天地间造出一片神秘。

气温开始下降,风也大了起来。

板金在眺望这山时,双腿一软,拐棍从无力的手中脱落,一下摔倒了。

根鸟连忙甩掉行囊,单腿跪下,用胳膊托住板金的后背:"你怎么了,板金先生?"

板金企图挣扎起来，但已没有一点力气。他颤动着干焦的嘴唇："就让我在地上躺一会儿。"

根鸟守候在板金的身旁，看着远山在阳光与云雾中的变幻。

板金闭着双眼说："你要走下去。你离大峡谷已经不远了。一路上，我一直在帮你打听那个长满百合花的大峡谷。有的，不远啦，不远啦……"

根鸟向板金，也向远山，坚定地点点头。

黄昏即将来临时，板金让根鸟将他扶起，靠在一棵枝叶繁茂的大树的树干上。他的眼皮吃力地抬起来，露出一对浑浊的眼睛。他困难地呼吸着，但他努力以一种不变的姿态靠在大树上。

"躺下吧。"根鸟说。

"不，让我就这样站着。"板金没有看根鸟，只眺望着远方，"我已走到尽头了……"

"不，板金先生，我们一起走！"

"我得留在这儿了。"板金的双眼渐渐合上，"知道吗？我已离梦不远了。我都隐隐约约地看见那群小鸟了，亮闪闪的，像金子一样在天边飞着。"他欣喜但又不免遗憾地说道。

"板金先生……"

板金说："那天，走出家门时，我对我妻子说过，十年后还听不到我的消息，你就该让儿子上路了。他已经上路了，我都已听到他的脚步声了……"他微笑着，眼角渗出两滴泪珠来。

"板金先生……"

"你是我这一辈子见到过的最可爱的男孩儿。记住我，孩子！"板金慢慢举起胳膊，指着前方，"往前走吧，这是天意！"他顺着树干滑落了下去。

根鸟将板金的行囊打开，将褥子铺在树下，然后将他已经变凉的躯体抱到褥子上，并将他放好。他面容安详，像是睡着了。

根鸟从周围的草坡、水边采来了无数的香草与鲜花，堆放在板金身体的四周——他几乎被香草与鲜花淹没了。

天黑了。根鸟没有离开板金。他在大树下坐下，守着板金。他觉得四周的树林都在为板金肃立。他一点也不感到害怕，在夜风中，一边啃着干粮，一边在嘴中呜呜噜噜地唱着悲哀的歌。那歌是送板金上路的。那路铺满银子一样的月光，板金飘飘然地走着。根鸟在心中为这个好人祝福——祝福他一路平安。

后来，根鸟就睡着了。

根鸟醒来时，霞光在草原的东方已如千万只红鸟飞满天空。他揉着眼睛，定睛西望时，心禁不住颤抖起来：他的白马立在西去的路上！他怀疑自己处在幻觉里，使劲地眨着眼睛，但白马依然还立在那里：它一身霞光，威武之极，英俊之极。他站起来，拍了一下巴掌。白马闻声，对着寂寂无声的旷野长鸣一声，随即一摇尾巴，得得得地跑过来。

根鸟也朝白马跑去。

白马围着根鸟绕了两三圈，并不时地用颈磨擦着他的身子。

根鸟一下紧紧地抱住了马头。

太阳颤悠悠地升上来了。这颗巨大的万古不衰的生命，顿时给这个世界带来隆隆的轰响，使天地间的万物一下子获得了勃勃生机。

偌大一片草原，成了一张没有边际的毛茸茸的金毯。远山在阳光下，渐渐显现出来，将一股豪迈、崇高之气，浸润着根鸟的整个身心。林中的小鸟纷纷飞出，飞到草原上，飞进阳光里，使空中变得喧闹非常。

根鸟背起行囊，骑上马背，在马上朝板金鞠了一躬，看了他最后一眼，掉转马头，迎着大山飞驰而去。

十天后，他走进崇山峻岭。山磊磊，石崖崖。他似乎走进了永远也不能走出的群山。他已一连四五天，没有看到行人了。但他已经又习惯了这种孤旅。实在觉得寂寞时，他就会在群山间大喊大叫。喊叫声在山间撞来撞去，仿佛有无数的人在喊叫。

根鸟感觉到马一直在走向高处，仿佛要走到天上去。

马总是走在悬崖边上。有时候，根鸟觉得根本无路可走，可马却就是走了过去。悬崖下的山涧，流水哗哗。水鸟在山涧飞来飞去，伺机捕捉水中的游鱼。常常遇到塌方，但白马三下两下，就飞腾到塌方之上。根鸟知道，有这匹马，他实际上什么也不用害怕。他一路上倒是很快乐地看着风景。这些风景教他惊讶，教他感叹。有一片竹林原是长在山坡上的，后来塌方了，竟然整片地滑落到山涧中，又居然在山涧的激流中翠生生地长着，还有鸟在竹枝上鸣叫。他便让马停住，呆呆地看着这片水中的竹林。有一个山沟，长满了一种白色的树木，但却飞满了黑色的蝴蝶。那蝴蝶受了惊动，简直如黑色的雪花飘满了天空。根鸟免不了又要让马慢些走，好让他将这个奇异的世界看个够……

这一天，他骑着马走进了一座古老的树林。这座树林很大。使他感到惊奇的是，这些树木，竟然没有一株是有叶子的，一律都是赤裸裸的，只有枝干。更使他感到惊奇的是，就是在这些黑色的树枝上，却晾着一种毛茸茸的丝状物。它们是淡绿色的，像女孩儿用的绿头绳。它们无根无须，却又显出一番鲜活，在林子间到处飘动着。远远地看，像绿色的云，而走近了看时，又觉得林子里正下着绿色的雨——这雨只落了一半，就在空中摇摇晃晃地停住了。

根鸟竟然在这样的林子里走了一个上午。

这些天来，他总有一种异样的感觉。随着攀援高度的增加，这种感觉愈来愈强烈。他时不时地会有一种莫名其妙的激动与兴奋，仿佛有什么事情就要发生一般。走在这片林子里时,他的心几次在他不留意时,忽然地扑通扑通地跳起来。他隐隐约约地感觉到前方似乎有什么特别重要的东西要向他展开,其情形就像久居黑暗小屋中的人,似乎透过窗棂,觉察到了曙光即将来临。

走出林子之后,世界忽然变得豁然开朗。山已高耸入云,但一眼望去,却是一片平坦的草地——高山顶上的草地。说是草地,也不见太多的草,倒是各种颜色的花开了一地。根鸟从未想到过,这个世界上会有如此鲜艳动人的花。这种花,大概只有在如此高的地方,才能开成这样。

根鸟催马往草地边沿跑去。他很快看到了一个他从未见到过的大峡谷。他低头一看,感到不寒而栗:那峡谷之深,似乎深不见底,只见下面烟雾缭绕。屏住呼吸细听,倒也能隐隐约约地听到流水声,但这遥远的流水声只是更让人觉得这峡谷实在太深。他不禁掉转马头,让马离开悬崖的边缘。

马走了不一会儿,根鸟忽然发现了星星点点的百合花。这种百合花,他似乎见到过。马越往前走,百合花就越多,到了后来,就其他什么花也没有了,漫山遍野开的全都是百合花。他一拉缰绳,又让马走向悬崖的边缘。这时,他看到那百合花竟沿着悬崖,一路朝谷底长下去,从峡谷底飘起浓浓的百合花的香气。

谷底虽然烟雨濛濛,但根鸟却在眼中分明看到了百合花正在谷底的各处盛开着。

根鸟垂挂在马的两侧的腿开始颤抖起来——他想控制住,却控制不住。

根鸟不敢相信他认识这个大峡谷——他怎么也不敢相信。然而,他的眼前,却不可抗拒地闪现着他已多次在梦中见到的那个大峡谷。他看到了那棵巨大的银杏树，他的耳边甚至响着那些扇形小叶在风中摇摆、磨擦而发出的雨一样的沙沙声。

他对这里居然没有陌生的感觉，像是重返故地——离去太久的故地。

他疑惑了，慌乱了，几乎不能自持了。他四下环顾，想见到一个人，好向那人问上一声：这里是哪儿？

但四周却空无一人。

就在他的双腿不停地抖索时，他忽然听到峡谷的半空中传来了几声鹰叫。"鹰！我听到过这种声音！"这时，轮到他的双手颤抖了，松弛着的缰绳在手中簌簌抖动，不停地打着马的脸部。

凄厉的鹰叫声在峡谷中回荡着。

根鸟朝谷底专注地看着。不一会儿，他看到了乳白色的烟雾里，闪动着一个与烟雾的颜色稍有不同的白点。紧接着，又有几个白点在烟雾里飘动起来，其情形像是几张白纸片儿在风中飘动。其中一张白纸片儿，以快得出奇的速度往上飘来，转眼间，便飞出了烟雾。

"鹰！白色的鹰！"根鸟的心颤抖起来。

明明白白，就是一只白色的鹰。紧接着，第二只，第三只，第四只白色的鹰也都相继飞出了烟雾。它们朝上空升腾着。它们一忽儿聚拢，一忽儿又分开，峡谷中的气流使它们无法稳定住自己。

当时，太阳灿烂辉煌。根鸟觉得他从未见到过这么大的太阳。

阳光潮水般倾泻到峡谷里。

根鸟看到白鹰的身上洒满了阳光，纯洁的羽毛闪闪发亮。它们转动着脑袋，因此，被阳光照着的眼睛便如同夜晚草丛中的玻璃，一下一下地闪烁着亮光。那亮光是钻石的亮光。

根鸟痴迷地看着它们在气流中浮起——气流似乎在托着它们。

根鸟已经能够看到鹰的羽毛在风中的掀动了。他再往深处看时，只见一群白色的鹰，正从峡谷深处升腾起来。

　　当无数只白鹰在长空下优美无比地盘旋时，久久地仰望着它们的根鸟，突然两眼一阵发黑，从马上滚落到百合花的花丛里。

　　当山风将根鸟吹醒时，他看到那些白色的鹰仍在空中飞翔着。他让整个身体伏在地上，将脸埋在百合花丛中，号啕大哭……

选自长篇小说《根鸟》

痴 鸡

每年春天，总有那么几只母鸡，要克制不住地生长出孵小鸡的欲望。那些日子，它们几乎不吃不喝，到处寻觅着鸡蛋。一见鸡蛋，就会惊喜地"咯咯咯"地叫唤几声，然后绕蛋转上几圈，蓬松开羽毛，慢慢蹲下去，将蛋拢住，焐在胸脯下面。但许多人家，却并无孵小鸡的打算，便在心里不能同意这些母鸡们的想法。再说，正值春日，应是母鸡们好好下蛋的季节。这些母鸡一旦要孵小鸡时，便进入痴迷状态，而废寝忘食的结果是再也不能下蛋。这就使得主人很恼火，于是就会采取种种手段将这些痴鸡们从孵小鸡的欲望中拖拽回来。

这样的行为，叫"醒鸡"。

我总记着许多年前，我家的一只黑母鸡。

那年春天，它也想孵小鸡。第一个看出它有这个念头的是母亲。她几次喂食，见它心不在焉只是很随意地啄几粒食就独自走到一边去时，说："它莫非要孵小鸡？"我们小孩一听很高兴："噢，孵小鸡，孵小鸡了。"

母亲说："不能。你大姨妈家，已有一只鸡代我们家孵了。这只黑鸡，它应该下蛋。它是最能下蛋的一只鸡。"

痴鸡

我从母亲的眼中可以看出，她已很仔细地在心中盘算过这只黑鸡将会在春季里产多少蛋，这些蛋又可以换回多少油盐酱醋来。她看了看那只黑母鸡，似乎有点为难，但最后还是说："万万不能让它孵小鸡。"

这天，母亲终于认定了黑母鸡确实有了孵小鸡的念头，并进入状态了。得出这一结论，是因为她忽然发现黑母鸡不见了，便去找它，最后在鸡窝里发现了它，那时，它正一本正经、全神贯注地趴在几只尚未来得及取出的鸡蛋上。母亲将它抓出来时，那几只鸡蛋早已被焐得很暖和了。

母亲给了我一根竹竿："撵它，大声喊，把它吓醒。"

"让它孵吧。"

母亲坚持说："不能。鸡不下蛋，你连买瓶墨水的钱都没有。"

我知道不能改变母亲的主意，取过竹竿，跑过去将黑鸡撵起来。它在前面跑，我就挥着竹竿在后面追，并大声喊叫："噢——！噢——！"从屋前追到屋后，从竹林追到菜园，从路上追到地里。看着黑母鸡狼狈逃窜的样子，我竟在追赶中在心里感觉到了一种快意。我用双目将它盯紧，把追赶的速度不断加快，把喊叫的声音不断加大，引得正要去上学的学生和正要下地干活的人都站住了看。几个妹妹起初是站在那儿跟着叫，后来也操了棍棒之类的家伙参加进来，与我一起轰赶。

黑母鸡的速度越来越慢，翅膀也耷拉了下来，还不时地跌倒。见竹竿挥舞过来，只好又挣扎着爬起，继续跑。

我终于精疲力竭地瘫坐在了草垛底下，一边喘气，一边抹着额头上的大汗。

黑母鸡钻到了草丛里，一声不吭地直将自己藏到傍晚，才钻出草丛。

但经这一惊吓，黑母鸡似乎并未醒来。它晾着双翅，咯咯咯地叫

着,依旧寻觅着鸡蛋。它一下子就瘦损下来,似乎只剩了一只空壳。本来鲜红欲滴的鸡冠,此时失了血色,而一身漆黑的羽毛也变得枯焦,失去了光泽。不知是因为它总睒着翅膀使其他鸡们误以为它有进攻的意思,还是因为鸡们如人类一样喜欢捉弄痴子,总而言之,它们不是群起而追之,便是群起而啄之。它毫无反抗的念头,且也无反抗的能力,在追赶与攻击中,只能仓皇逃窜,只能蜷缩在角落上,被啄得一地羽毛。它的脸上已有几处流血。

每逢看到如此情景,我一边为它的执迷不悟而生气,一边用竹竿去狠狠打击那些心狠嘴辣的鸡们,使它能够摇晃着身体躲藏起来。

过不几天,大姨妈家送孵出的小鸡来了。

黑母鸡一听到小鸡叫,立即直起颈子,随即大步跑过来,翅大身轻,简直像飞。见了小鸡,它竟不顾有人在旁,就咯咯咯地跑过来。它要做鸡妈妈。但那些小鸡一见了它,就像小孩一见到疯子,吓得四处逃散。我就仿佛听见黑母鸡说"你们怎么跑了",只见它四处去追那些小鸡。等追着了,它就用大翅将它们罩到了怀里。那被罩住的小鸡,就在黑暗里惊叫,然后用力地钻出来,往人腿下跑。它东追西撵,弄得小鸡们东一只西一只,四下里一片唧唧唧的鸡叫声。

母亲说:"还不赶快将它赶开去!"

我拿了竹竿,就去轰它。起初它不管不顾,后来终于受不了竹竿抽打在身上的疼痛,只好先丢下小鸡们,逃到竹林里去了。

我们将受了惊的小鸡们一只一只找回来。它们互相见到之后,竟很令人怜爱地互相拥挤成一团,目光里满是怯生生的神情。

而竹林里的黑母鸡,一直在叫唤着。停住不叫时,就在地上啄食。其实并未真正啄食,只是做出啄食的样子。在它眼里,它的周围似乎有一群小鸡。它要教它们啄食。它竟然在啄了一阵食之后,幸福地扇动了几下翅膀。

当它终于发现，它只是孤单一只时，便从竹林里惊慌地跑出，到处叫着。

被母亲捉回笼子里的小鸡们，听见黑母鸡的叫声，挤作一团，瑟瑟发抖。

母亲说："非得把这痴鸡弄醒，要不，这群小鸡不得安生的。"

母亲专门将邻居家的毛头请来对付黑母鸡。毛头做了一面小旗，然后一笑，将黑母鸡抓住，将这面小旗缚在了它的尾巴上。毛头将它松开后，它误以为有什么东西向它飞来了，惊得大叫，发疯似的跑起来。那面小旗直挺挺地竖在尾巴上，在风中沙沙作响，这就更增加了黑母鸡的恐怖，于是更不要命地奔跑。

我们就都跑出来看。黑母鸡不用人追赶，屋前屋后无休止地跑着，样子很滑稽。于是邻居家的几个小孩，就拍着手，跳起来乐。

黑母鸡后来飞到了草垛上。它原以为会摆脱小旗的，不想小旗仍然跟着它。它又从草垛上飞了下来。在它从草垛上飞下来时，我看见那面小旗在风中飞扬，犹如给黑母鸡又插上了一只翅膀。

其他的鸡也被惊得到处乱飞，家中那只黄狗汪汪乱叫。道道地地的鸡犬不宁。

黑母鸡钻进了竹林，那面小旗被竹枝勾住，终于从它的尾巴上被拽了下来。它跌倒在地上，很久未能爬起来，张着嘴巴光喘气。

黑母鸡依旧没有能够醒来。而经过这段时间的折腾，其他的母鸡也不能下蛋了。

"把它卖掉吧。"我说。

母亲说："谁要一副骨头架子？"

邻居家的毛头似乎很乐于来处置这只黑母鸡。他又一笑，将它抱到

痴鸡

河边上，突然一旋身体，将它抛到河的上空。黑母鸡落到水中，沉没了一下，浮出水面，伸长脖子，向岸边游来。毛头早站在那儿了，等它游到岸边，又将它捉住，更远地抛到河的上空。毛头从中得到了一种残忍的快感，咧开嘴乐，将黑母鸡一次比一次抛得更远，而黑母鸡越来越游不动了。鸡的羽毛不像鸭的羽毛不沾水，几次游动之后，它的羽毛完全地湿透，露出肉来的身体便如铅团一样坠着往水里沉。它奋力拍打着翅膀，十分吃力地往岸边游着。好几回，眼看就要沉下去了，它又挣扎着伸长脖子游动起来。

毛头弄得自己一身是水。

当黑母鸡再一次拼了命游回到岸边时，母亲让毛头别再抛了。

黑母鸡爬到岸上，再也不能动弹。我将它抱回，放到一堆干草上。它缩着身体，在阳光下瑟瑟发抖。呆滞的目光里，空空洞洞。

黑母鸡变得古怪起来，它晚上不肯入窝，总要人找上半天，才能找回它。而早上一出窝，就独自一个跑开了，或钻到草垛的洞里，或钻在一只废弃了的盒子里，搞得家里的人都很心烦。又过了两天，它简直变得可恶了。当小鸡从笼子里放出，在院子里走动时，它就会出其不意地跑出，去追小鸡。一旦追上时，它便显出一种变态的狠毒，竟如鹰一样，用翅膀去打击小鸡，直把小鸡打得乱飞乱叫。

母亲赶开它说："你大概要挨宰了！"

一天，家里无人，黑母鸡大概因为一只小鸡并不认它，企图摆脱它的爱抚，竟啄了那只小鸡的翅膀。

母亲回来后见到这只小鸡的翅膀流着血，很心疼，就又去叫来毛头。

毛头说："这一回，它再不醒，就真的醒不来了。"他找了一块黑布，将黑母鸡的双眼蒙住，然后举起来，将它的双爪放在一根晾衣服的铁丝上。

黑母鸡站在铁丝上晃悠不止。那时候它的恐惧，可想而知，大概要比人立于悬崖面临万丈深渊更甚。因为人毕竟可以看见万丈深渊，而这只黑母鸡却在一片黑暗里。它用双爪死死抓住铁丝，张开翅膀竭力保持平衡。

起风了，风吹得铁丝呜呜响。黑母鸡在铁丝上开始大幅度地晃悠。它除了用双爪抓住铁丝，还蹲下身子，将胸脯紧贴着铁丝，两只翅膀一刻也不敢收拢。即便是这样，在经过长时间的坚持之后，保持平衡也已随时不能了。它几次差点从铁丝上栽下来，靠用力扇动翅膀之后，才又勉强留在了铁丝上。

我看了它一眼，上学去了。

课堂上，我就没有怎么听老师讲课，眼前老是晃动着一根铁丝，铁丝上站着那只摇摆不定的黑母鸡。放了学，我匆匆往家赶，进院子一看，却见黑母鸡居然还奇迹般地留在铁丝上。我立即将它抱下，解了黑布，将它放在地上。它瘫痪在地上，竟一步也不能走动了。

母亲抓了一把米，放在它嘴边。它吃了几粒就不吃了。母亲又端来半碗水，它却迫不及待地将嘴伸进水中，转眼间就将水喝光了。这时，它慢慢地立起身，摇晃着走到篱笆下。估计还是没有力气，就又在篱笆下蹲了下来，一副很安静的样子。

母亲叹息道："这回大概要醒来了。再醒不来，也不要再去惊它了。"

傍晚，黑母鸡等其他的鸡差不多进窝后，也摇摇晃晃地进了窝。

我对母亲说："它怕是真的醒了。"

母亲说："以后得把它分开来，让它吃些偏食。"

然而，过了两天，黑母鸡却不见了，无论你怎么四处去唤它，也未能将它唤出。我们就只能寄希望于它自己走出来了。但一个星期过去

痴鸡

了,也未能见到它的踪影。

我就满世界去找它,大声呼唤着。

母亲说:"怕是被黄鼠狼拖去了。"

我们终于失望了。

母亲很惋惜:"谁让它痴的呢?"

起初,我还想着它,十天之后,便也将它淡忘了。

黑母鸡失踪后大约三十多天,这天,我和母亲正在菜园里种菜,忽然隐隐约约地听到不远处的竹林里有小鸡的叫声。"谁家的小鸡跑到我们家竹林里来了?"母亲这么一说,我们也就不再在意了。但过不一会,又听到了咯咯咯的母鸡声,我和母亲不约而同地站了起来:"怎么像我们家黑母鸡的声音?"再循声望去时,眼前的情景把我和母亲惊呆了。

黑母鸡领着一群小鸡正走出竹林,来到一棵柳树下。当时,正是中午,阳光明亮照眼,微风中,柳丝轻轻飘扬。那些小鸡似乎已经长了一些日子,都已显出羽色了,竟一只只都是白的,像一团团雪,在黑母鸡周围欢快地觅食与玩耍。其中一只,看见柳丝在飘扬,竟跳起来想用嘴去叼住,却未能叼住,倒跌在地上,笨拙地翻了一个跟头。再细看黑母鸡,只见它神态安详,再无一丝痴态,鸡冠也红了,毛也亮亮闪闪的又紧密、又有光泽。

我跳过篱笆,连忙从家里抓来米,轻轻走过去,撒给黑母鸡和它的一群白色的小鸡。它们并不怕人,很高兴地啄着。

母亲纳闷:"它是在哪儿孵了一窝小鸡呢?"

半年之后,我和母亲到距家五十多米的东河边上去准备把一垛草弄回来时,发现那个本是孩子们捉迷藏用的洞里,竟有许多带有血迹的蛋壳。我和母亲猜想,这些鸡蛋,就是在黑母鸡发痴时,我家的其他母鸡受了惊,不敢在家里的窝中下蛋,将蛋下到这儿来了。这片地方长了许多杂草，很少有人到这儿来。大概是草籽和虫子，维持了黑母鸡与它的孩子们的生活。

　　黑母鸡自从出现之后，就再也没有领着它的孩子们回那个寂寞的草垛洞。

1997年9月24日于北京大学燕北园

荒原茅屋

荒原沉睡着。

妈妈轻轻呻吟着。

大荒侧卧在床角,把耳朵贴在墙上,静静地聆听着。

妈妈将给他生一个弟弟,还是一个妹妹呢?他既想要一个弟弟,又想要一个妹妹。弟弟也好,妹妹也好,他都要。荒原太大,荒原给他的是不尽的荒凉、寂寞和孤独。他渴望有一个弟弟或一个妹妹。

茅屋耸立在这片荒原的最高处。它是荒原的一个奇迹。因为,在肉眼所能看到的一个庞大的范围内,就再也没有另外一座茅屋了。它傲然挺立着,在荒原特有的穹窿下,在荒原特有的风暴里,在荒原特有的壮丽晨光和苍茫暮霭中。它不知在这荒原上耸立了多少个年头。用石头垒成的青色围墙,不少地方已经风化。覆盖的茅草也不知换了多少次,眼下,又已经薄薄的,但仍然还很结实地覆盖着。听爸爸说,这座茅屋是爷爷的爷爷盖的。现在,他的子孙已散落在这片漫无边际的大荒原上的各个地方。凡在这片荒原上的人,都系一个家族。荒原因为他们,才有了绿色和灵性。

茅屋又将给荒原带来一个新的生命。

茅屋下方的斜坡上是一个大栅栏，但现在是空的——爸爸赶着他的马群到远方放牧去了。而那里山洪暴发，把爸爸阻隔在山那边，使他不能在妈妈生产前赶回这座茅屋。

大荒光着屁股从床上跳下来，从桌子上抱来那只粗陋的小木箱。那里面藏着两件很好的礼物，是大荒准备送给那个还未降生的弟弟或妹妹的。一件是小风车。那是大荒花了三天的工夫，自己用刀刻出来的。几片螺旋桨式的叶片，被风一吹，就"呼呼"直转。在几片叶片的中心，大荒还用刀挖了一个眼儿，风吹进眼儿，就会发出悦耳的哨声。这件礼物当然是送给弟弟的。大荒不止一次幻想过：弟弟用小手举着小风车，他就背着他在荒原上到处乱跑，那风车就快活地不停地在弟弟手中转着，"嘤嘤"地响着，弟弟也就快活地在他背上颠着屁股。另一件是个布娃娃。当然是送给妹妹的。女孩子家什么也不喜欢，就喜欢布娃娃。布娃娃是她们的命根儿。大荒比谁都清楚。他用妈妈给他买褂子的钱，连来带去跑了一天，在三十里外的一家小商店买下了它。这是个洋娃娃，长着一头金色卷曲的头发，眼睛是蓝的，蓝得很好看。小妹妹还能不喜欢这样的娃娃吗？她抱着这样的娃娃睡觉，一定会睡得很香甜的。

大荒打开箱盖儿，看看风车，又看看布娃娃。他要做哥哥了。他觉得他真幸福。他坐着，就这样把箱子抱在怀里。

妈妈的呻吟一声比一声高了，一声比一声尖厉了。大荒感觉到妈妈在痛苦中，放下木箱，跑到妈妈的房门口，用焦急、惶惑、茫然、不知所措又害羞的目光望着灯光下的妈妈。

爸爸当他的面说过，妈妈是这个荒原上所有女性里边最漂亮的。大荒信，因为，他长这么大，再没有见过比妈妈更好看的女人。他喜欢妈妈。他还被妈妈抱在怀里时，最喜欢干的一件事，就是用小手抓妈妈那头柔软漆黑的头发，把它们打开，弄乱，让它们纷纷扬扬地散披在妈妈的肩上。妈妈重重打了他的手。他眼泪未干,又继续去干那件事,干得很认真。妈妈没法儿,只好随他去了。因此,妈妈的头发常是散着的。后来习惯了,也就不梳理它了,就让它这样一年四季散着。反正,在这荒原上也很难见到一个生人。妈妈很温柔,跟彪悍的爸爸正好是个对比。爸爸常放牧去,大荒是在妈妈的一片温柔里长大的。他习惯了妈妈的胳膊、妈妈身上散发出的好闻的气息。不是爸爸把他赶开,他也许现在还和妈妈睡在一张床上。

妈妈在痛苦里,但妈妈更好看。她的头发散乱在枕上,因为汗水的濡湿而格外的黑。她的脸色微微发红,汗珠在她的额头上和鼻尖上闪光。她的嘴角微微抽搐,却丝毫不能使妈妈难看。

妈妈见到了大荒,微微笑了笑。

大荒在门槛上坐下,双手抱着膝盖,默默地望着妈妈。他觉得自己背负着重任。

一个新生命的诞生需要母亲忍受巨大的痛苦。妈妈正在床上受罪,她被阵痛袭击着,柔和端丽的面孔一阵阵抽搐、变形。汗水越流越猛了,顺着耳根流下去,湿着枕头;喘息声也越来越急促,仿佛那个温馨的婴儿有无穷的力量,在她的腹中调皮地折腾着,想把妈妈彻底搞累。

大荒倒了一碗水,放了一勺又一勺糖,用双手端给妈妈。妈妈用胳膊艰难地支撑起身体,感激地看了一眼大荒,一口气将水喝了。喝得太猛,水从嘴角流了下来。妈妈朝大荒吃力地笑了笑。

大荒又坐回到门槛上默默守候着。

妈妈平静了一阵,又陷入了痛苦。那个弟弟(或妹妹)仿佛在黑暗里困得太久了,急切切地想来到阳光下,来到荒原上,来到大荒的眼前,可是大门却还紧闭着,于是,他(她)就用全身的力气撞击着。看得出,妈妈是兴奋的激动的——她又将有一个孩子了!但这撞击同时给她带来了不可言说的痛苦。随着他（她）撞击的猛烈，妈妈的痛苦也在加剧。她的眼睛一会儿紧紧地闭着，一会儿慢慢地睁开，露出被疼痛的火焰烧得有点发红的眼珠。她的手在床上不停地抓摸着，像一个被水淹没的人，在胡乱地抓握什么可以救生的物体。

大荒害怕了："妈妈……"

妈妈侧过脸来，望着他。

他的眼睛告诉妈妈：妈妈，我能为你做些什么呢？

因为爸爸不在，妈妈似乎也为承受这过于沉重的痛苦而感到气虚。她望着瘦弱、平时因为她的娇惯而显得稚嫩的大荒，眼中闪过一丝疑虑。

大荒感觉到了，心里有点难受，脸臊红了。

妈妈合上眼睛，她暂时因为思虑一个什么重要问题而忘记了痛苦。她的双臂自然地放在身体的两侧，但前额沁出的汗珠已聚集成黄豆粒大。她好像在为自己刚才向大荒闪过不信任的目光而感到不安和歉疚。

"大荒！"

"妈！"

妈妈睁开眼："你认识去黑松林的路吗？"

大荒点点头。

"认识那个白头发的老阿婆吗？"

"认识！你说过，你生我的时候，是她把我接出来的。"

"你爸爸不在家……"妈妈这样说了一句没有完的话，却不吱声了。

大荒转身冲向门口，双手用力拉开了茅屋的门——可他定住了。犹豫、恐慌、怯懦，他身上的一切弱点，在他向沉沉的夜空一瞥时统统暴露了出来。他不知害臊地将门关上，然后头也不敢抬地又坐回到门槛上。

荒原茅屋

夜色中的荒原，弥漫着恐怖的力量。它一片安静，由于过于安静，让人觉得它是虚伪的。在它深邃的胸膛里好像潜伏着什么。风吹过时，它就会像一头叫不出名字的巨兽在酣睡中发出鼾声。荒原上的天空，像是正在飘落下来的一张巨网。

大荒对去黑松林的路很清楚。

黑松林离这里十里路，要穿过一片长满荆棘的洼地。那些荆棘像一只只恶鹰的爪子，不是把你的衣服撕破，就是给你的脚底扎上一根根尖刺。过了那片荆棘，是一片泡在水里的乱石滩。那些大大小小的、圆滑滑的、让人觉得刁钻古怪的石头，让行人一个接一个摔跟头，摔得两眼金星迸溅，摔得浑身水淋淋的。再过去，是一片荒野。爸爸说过，那是一个古战场。在遥远的年代，有两支军队，在那块盐迹斑斑、赤条条的土地上厮战了整整一个白天和整整一个黑夜。第二天，太阳照上来时，已没有一个人是活着的。爸爸说，那里的泥土为什么至今还是红的，是因为它吮吸的血太多了。过了那片荒野才是黑松林，而白发老阿婆住在林子深处。通过那片原始森林只有一条路。林子太老了，杂树怒生，苍翠四合。寂静的林子间总好像游荡着什么精灵，总好像藏着许多神秘的故事。

这不是一个女人，也不是一个小孩的路。

妈妈觉得自己不应该有那样一个奢望而使她的大荒陷入难堪。她亲昵地叫着："大荒……"

大荒不敢抬头。

"来，搬张凳子，靠着妈妈坐。"

大荒搬来凳子，坐在离妈妈不远的地方。

那个小弟弟（或小妹妹）好像终于愤怒了，不顾一切地折腾开来。新鲜有力的生命在妈妈体内动荡着。妈妈遍体的筋络清晰地在她光滑的皮肤下显现出来，有的地方曲张着，像要爆裂开来；头发散漫，有一绺被妈妈用牙齿紧紧咬啮着。她的手用力抓着身底下的褥子，仿佛要把它抓破。疼痛像巨浪，一阵紧似一阵地朝她猛压过来。妈妈奋挺着，抵抗着，在浪峰下发出苦难但没有一丝悲哀、却带着快感的呻吟。

后来，妈妈晕厥过去了，脸色一片苍白，嘴唇无力地颤动，胳膊垂挂在床边。她的生命仿佛在一个新生命挣扎而出时，在痛苦的深渊里沉沦下去了。

"妈妈……妈妈……"

大荒呼喊着，摇动着被汗水湿透了衣服的妈妈。

妈妈的力量在恢复，她的手终于深深地抓进棉絮里。她的牙咬破了嘴唇，嘴角挂下一弯鲜红的血。

大荒光光的小胸脯因为急促的呼吸而不住地起伏，被太阳晒黑、赤裸着的屁股，因为汗水的冲洗，像磨光的紫檀木在灯下闪着亮光。

妈妈醒来了。她向大荒微笑着。

大荒从来没有见过妈妈有这样恬静、美丽的微笑。

大荒觉得有一股力量在他还未长结实的身躯里冲撞着、奔突着。他突然转过身，"哗"地再次拉开茅屋的门，回头看了一眼妈妈，然后像一粒子弹射进了黑暗里。

他跑着，呐喊着，让自己的声音成为他的伙伴。他的声响使整个天空都似乎发出轰响。他不停地跑，不停地摔倒，不停地呐喊。

……黑松林深处熟睡的居民被猛烈的敲门声惊醒了，灯一盏盏亮起来，人一个个来到白发老阿婆家门口。人们团团围住这个赤身的少年，问他要干什么。他却发不出一丝丝声音。他的喉咙几乎彻底哑了。他急得在地上跳着，用双手狠狠掐着自己的喉咙。他绝望极了，蹲在地上，用两只汗淋淋的拳头"吃通吃通"地狠揍着自己的脑门。

荒原茅屋

茅屋里，妈妈怎么了呢？

他一手抓住白发老阿婆的胳膊往前拉去，一手指着远方——他们茅屋所在的地方。

"一定出什么事了！"林子里的人说。

"快跑！"

于是，无数的男人和女人组成的人流，在夜空下，随大荒迤逦而去，纷沓的足声震荡着黑色的荒原。

见到茅屋的灯光时，大荒甩开这支盲目的队伍，以令人震惊的速度扑向茅屋……

远远地，茅屋向荒原发出一个婴儿清脆的啼哭声……

大荒的眼泪纷纷洒落下来。

荒原的尽头，正被霞光染红。

茅屋门口，站着爸爸。

他跑到爸爸面前，然后转过身去，用手指了指那支由他领来的队伍。

爸爸朝那些人摇了摇手，然后把手放在他的肩上，搂着他朝茅屋走去："爸爸扔了那些马，是从洪水里游过来的。"爸爸用的是对兄弟说话那样的口吻。

茅屋里，婴儿在生动有力地啼哭着。

"是弟弟还是妹妹？"

"一个弟弟，一个妹妹。"

大荒停住了，仔细去听——两个婴儿在一起啼哭着。

他挥着双拳，"嗷嗷"叫着，朝茅屋冲去……

1983年4月26日于北京大学

孩子与海

　　一道道白浪向岸边推来。一个裸体的男孩面对着无涯的大海。他只是一个黑色的小小的影子,像还在母亲子宫中的一个胎儿。他独自站立于天地之间。他与大海构成了一幅人世间永恒的图画。

　　《孩子与海》是从海明威的《老人与海》化来的一个题目。但两者的情形很不一样:老人是即将熄灭的生命,而孩子却正走向生命的辉煌。前者让人看到了生命在最后时刻所具有的分量,后者却向人预示着一颗尚未成熟的生命所具有的博大的欲望。他们一个已成为胜利者——衰老的古巴老人桑提亚哥独自出海,与风浪搏斗,与鲨鱼搏斗,最后,他终于拖着一条巨大的马林鱼回到海港,尽管那只是被鲨鱼撕咬剩下的一袭骨架,但,他向世人漂亮地显示了"重压之下的优雅风度";一个将要成为胜利者——我们从这个铜像一般的裸体的孩子身上完全可以看出这一点。老人画上了一个圆满的生命的句号,而这孩子,将在这句号之后开始漫长的人生叙事与抒情,从而把生命的篇章似乎无止境地写下去。

　　世界上的文学艺术,有许多是围绕海做文章的。海本身就是文章,最大的文章,是由造物主写就的,是他的若干的创造中的最得意之笔。

孩子与海

人类自然要由衷地感谢造物主的这篇大文章。这篇大文章使人类阅读不已，子子孙孙享受不尽。现如今的人类，其品质，有许多是大海所给予的。人类喜欢大海，是绝对有理由的。

除了天，海是人类所见到的最大的物象。人们用"浩森无涯"、"茫无涯际"、"辽阔无垠"等词去形容它，但依然觉得没有能够呈现它所给予人的那种巨大的感觉。这种巨大，使在有限的陆地上生活着的如蚁群一样繁密的人类，深为自己的视野与心胸的狭隘而自愧。它的无边的坦荡，使人无法不受到感染。一个人经常驻足海岸，望着这流自天际又流向天际的大海，对开阔他的胸怀，一定是件有益的事情。它能给人豪放，给人开朗，给人一种自由奔放的精神。海的力量，会使任何一颗心灵都感到震撼，哪怕是一颗已不再青春的心灵。汹涌的浪潮、拍击石岸的巨响以及遇到阻遏后而激起的山一样高的白色巨柱和巨柱的粉碎，是这世界上最壮观的景象。面对这些景象，我们会一扫由于生存的困窘而引起的颓唐，由于生活的压迫而引起的麻木，由于一次又一次的磨难、一次又一次地陷于失败而引起的软弱和疲惫。我们会在强劲的海风吹拂胸膛、吹拂头发、将衣角像旗帜一样吹起的感觉里，重注激情与勇气，最后转过身去，以饱满的精神重投折磨人的生存与斗争。

海又是最禁得起审美的。荒古的天边驶来的白帆、一轮太阳在海的东方如婴儿脱落母体的升起、从海的中央向岸边推动而来的一道又一道白色的水线、几只海鸥在浪尖上如剪纸一样的忽闪、夜幕下的几点渔火……它有着多种多样的情调与意味。而当它平息下来，天空下除了一片纯蓝的海水，无任何一样物象时，也是一种情调与意味。海是百看不厌的，并且是越看越有看头的。因此，便有了那样一篇使孩子们着迷和兴奋的课文：我们看海去，我们看海去……

而我以为，海最伟大的意义在于它为人类提供了一个锻炼和检验自己的意志的无与伦比的场所。它既能培养人的征服精神，又可使人的征服精神得到实现。它以磅礴的气势、暴烈的脾性吸引和刺激着人们去征服它，就如同一个斗牛士挥舞着猩红的披风。只有它才能向我们提供那样惊心动魄的场面和使我们的胜利欲望得到最大满足的机会。世上谁最能塑造英雄？莫过于大海。它一个世纪又一个世纪地激励着人类，使时刻可能滑向衰败与没落、消沉的人类，总能保持着一股坚忍不拔和勇往直前的精神。它是效力永在的强心剂。所以海明威选择了大海。他笔下的老人，是否具有那种他向往的精神与风度，别无其他显示的所在，也别无其他检验的手段，唯有大海。并且，大海能使我们对这种显示与检验充满情感与快意。因为，大海也是生命，它是活着的，有着一颗经久不息的灵魂。人们一代一代地走向大海。这海滩上的一条一条已经锈损和破烂的铁皮船，向我们证明了这样的历史。看着它们沉默地搁在海滩上，我们不难想像出，它们曾在大海上与风浪搏击时的那番豪迈的风光。现在该轮到他了——这个孩子。他赤着身子，把历史留在了他小小的身影的背后，望着先辈们曾经战胜过也被它折磨过甚至是战败过的大海。他面对的大海是那样阔荡，那样无穷无尽、无极可达。大海之大，与这孩子的身影之小，形成了太大的反差。也许，这孩子凭他现有的稚嫩的肉体、还不足够雄壮的力量和还不足够坚强的意志，尚不能去征服大海。但，他身后的历史将会支撑着他长大，而他面前的大海本身，也将给他足够的勇气和智慧。孩子已看到了以后的自己。

　　人们喜欢大海，几乎是一种本能。一位科学家通过他个人的"别出心裁"的研究，竟然得出一个结论：人类来自于大海。他否定了人与猩猩为近亲之类的说法。他一口气历数了无数条根据。比如：婴儿一出世就喜欢水，并能游泳，而小猩猩一丢进水里则会被淹死。这位科学家的结论比以前的那些大家公认不疑的结论来得荒唐。但，我宁愿相信他的

孩子与海

结论：我们来自大海。我们对大海的亲近，与生俱来，发自内心。我还记得《冰岛渔夫》，那里头的英俊小伙子，最后消失在海浪里，与大海庄严成婚。

那孩子，正眺望着他与大海的未来。

远去的灵魂

佘树森先生的墓地在塞外。他的夫人跑了许多工艺品商店,购得一只古色古香的中国味极浓的瓷罐装敛了他的骨灰。是我陪着他夫人送骨灰去墓地的。那天天气一般,不晴朗,也不阴晦。小车越过长城,一路斜下,直往塞外的荒野开去。不知为什么,当小车一越过长城,我心里顿起一股悲凉之情:他真的离开我们远去了。仿佛那长城是一个限度,一旦越过它,那时空的距离便会一下子拉开了,使人感到一种不可挽留、永不能达的遥远和荒古。

车在那起伏不平的路上,以均匀的速度孤寂地往那荒凉深处行驶着。在车轮磨擦地面而发出的单调无味的沙沙声中,我们默默地守护着一颗灵魂——一颗并未衰老的灵魂。我们为这颗灵魂的远去而感到一种难以言表的悲切。这悲切并不那么深重。准确一点地说,不是悲切,而是一种犹如在萧疏的秋天之黄昏观看落叶飘零时的伤感和无奈。

他走得似乎太早了一些。他远远没有活够。他太想活下去了。在他离开我们前的好几个月时间里,他一直在想夺回自己的生命,他努力着,用了全部的毅力、智慧与含辛茹苦积累下来的钱财,想换回那本属于他的生命。他还年轻,生对于他,有着太多太诱人的魅力。他的事业刚刚获得成功，在漫长而又坚忍的拼搏之后，世界向他闪现着迷人而辉煌的光色。他正雄心勃勃地拾级而上，走向那大成功的殿堂。他的言语，已给我们这个世界留下一笔财富。他有相濡以沫的妻子、聪颖透顶可爱之极的女儿。他还有那么多推心置腹见面总是无话不说、谈笑风生的朋友和同事……值得他留恋的太多。他对这个世界没有怨恨——他这样的人不会有怨恨，更不会有怨毒——不怨恨不怨毒的人是决不会放弃生和这个喧嚣而动人的世界的。于是，他大碗大碗地喝着苦药，相信一切类似于神话的医疗方式。他在夫人和友人的帮助下，寻找着哪怕只有一线的期望。每次我去看望他时，我都能感受到这一点：他想活下去。他就这样以他瘦弱如秋草的身体向癌症抗争着，祈求着生命。他肯定在心中无数次地保证过：如果我活下去，我坚决好好地干，千万倍地爱我的妻子，爱我的女儿，爱我的友人，爱我的文字，爱人世的生活。可是生命却一寸一寸地从他的躯体内消失。那种抗争在他最后的昏迷时表现得格外强烈与感人。他的心脏有力地搏击着。医生说他早该走了。可是他在我们中间硬是弥留了一个又一个时刻。这种抗争使我们为他感到了痛苦，甚至包括他的夫人在内，都希望那海潮般起伏不宁的胸膛早一些像黑夜一样宁静下来。

　　他走得确实太早了。他还没有真正开始享受生活。在此之前，他对生活只是一味地付出、付出。他们这一代知识分子，只知道付出。无数个荒唐岁月，荒废了他们生命中最宝贵的一段时间。上个世纪70年代末，当他们已经面容憔悴，不能再长久地熬夜，并需要吮吸一些营养液才能保持精力时，却是与那些十七八岁的年轻后生站在同一条起跑线上。他们干出那份成就，要比年轻人多付出十倍二十倍乃至更多倍的劳动和代价。首先，他们必须打败自己，拆除那些被拙劣、畸形、可笑的知识所铸就的低劣的思维模式。他们有沉重的负荷，而年轻人却身心两

施工现场管理的各个领域之中,具有其他方式不可替代的作用。其主要内容与形式如下:

a) 施工现场各项管理制度、操作规程、工作标准、施工现场管理实施细则布告等应用看板、挂板或写后张贴在墙上公布,展示清楚。

b) 在布置过程中,以清晰的、标准化的视觉显示信息落实定置设计,实现合理布置。

c) 施工现场的管理岗位责任人采用标牌显示,以更好地落实岗位责任制,激发岗位人员的责任心,并有利于群众监督。

d) 在施工现场合理利用各种色彩、安全色、安全标志等,并实行标准化管理,有利于生产和员工的安全。

e) 将施工现场管理的各项检查结果张榜公布。

2) 施工现场环境保护

环境保护是我国的一项基本国策。施工现场的环境保护,是指按照国家、地方法规和行业、企业要求,采取措施控制施工现场的各种粉尘、废水、废气、固体废弃物以及噪声、振动等对环境的污染和危害。

保护和改善施工环境是保证人们身体健康、消除外部干扰保证施工顺利进行的需要,也是现代化大生产的客观要求。

环境保护的措施一般有以下几条:

a. 实行环保目标责任制。

b. 加强检查和监控工作。

c. 对要保护和改善的施工现场环境,进行综合治理。

d. 要有技术措施,严格执行国家的法律、法规。

e. 制定有效措施防止大气污染、水源污染和噪声污染。

实 训 课 题

【实操训练】

参观某桥梁工程施工现场,根据该桥梁工程的特点编制一份施工组织设计。

任务要求:

(1) 了解编制桥梁施工组织设计的一般要求和基础资料。

(2) 掌握施工组织设计编制内容。

思考题与习题

1. 简述编制桥梁施工组织设计一般程序。
2. 简述桥梁施工组织设计编制前的准备工作。
3. 在确定施工方法时,哪些内容应详细而具体?
4. 施工平面布置图绘制的内容有哪些?

轻。他们残酷地打败了自己。由清新而锐利的学术思想变为多数多、僵化和沉闷。赡养老人，抚育后代，住房、煤气罐……还有连绵不断的会，当那些已经在"重"之下被压得人喘着"轻"的时候，他还在感着用自己的手去擦搪瓷缸里还不干的油迹。这就是我们的……他要受"生都不个宣了自己的人家"。……这就压垮了他们的全部感觉。他们得用瘦弱的双腿，往那永远的坡上，日复一日、年复一年、吃力而执著地行进着。

在的年轻人上不一样，他们没有任何排遣其问、消除痛苦的途径。他们不会打牌、不会打麻将、不会跳舞、不会唱酒、不会不能已聚的地方，面对种种不平，面对几乎是接踵而来的灯红与不去，他们只能出去吃点牛闷气，说那种似诙谐实可悲的俏皮话。

他们压抑着自己，还要超负荷运转。当我在佘树森先生去世后列写他的成果时，我惊讶得目瞪口呆：他在这些年，竟然写了编了那么多那么多书；他活去生命、活去得过分疲了。他似乎已经意识到了这一点，准备开始享受一下生活了。就在他病倒的前几日，他开始想着铺地板砖了。开往文学……的时候，开始铺地地了……的……，带着要了与女儿去了一趟"燕莎"商场。尽管什么也没有买，只给女儿买了一块面包……也……年为……，他……买想……清……一个生活的方案。然而，他……

无论怎……，种意义上进，他走得那么早、那神苦难、他都末能经学到一种高贵的苦难。捷克的米兰·昆德拉曾将那些具体的、可感的、物质性的东西称为"重"，而把那些抽象的、无形的、精神性的东西如孤独、寂寞、虚无称为"轻"。这"轻"自然是在那"重"已经不成问题或者说已经被瓦解和消解之后才产生的。佘树森先生活着时，得不停地

罐……"我对她说："快别多想了，绝对不会的，绝对不会的……"

对于一个好人的死亡，活着的人极容易怀疑这个世界：到底有无神灵？到底有无彼岸？一些细节，至今仍在我脑海里飘忽：他的老父亲去世之后，他去派出所销户口，回来一看，才发现销掉的不是他父亲，却竟然是他。在他去世前不太遥远的一个时间里，中文系曾举办过一个庆祝60、70岁教员生日的活动，他代表当代文学教研室拟了一副对联：茶苦书香惊逝水，桃芳李菲慰平生。如今一想，觉得他的死亡，乃是天意。那副对联仿佛是他为他自己预题的一副挽联。这么一想，活着的人心里倒平静了许多：他只是远走，只是去了另一个境界，并非死亡；他只是比活着的人先走了一步。

不久前，来了一位朋友。这位朋友最近入了佛道，相信"轮回"一说。他站在我家小院里，指着那些树木花草："生命是不死的，这些树树草草，说不定从前都是人，说不定都将变成人。"假若真如他所说，我们当宽厚一些，平静一些，温柔一些，对大千世界的一切，皆充满悲悯情怀。

佘树森先生的灵魂虽然远去，但毕竟只是远去。

一河大鱼向东游

一条大河,一年四季都在哗哗流淌。河上有船却没有桥。

现在人们要在河上架一座桥,可是不知因为什么,在大河中央打下去第一根桥桩后,架桥的人却都又撤走了。

并且从此就不架桥了。

这根桥桩便独自一根孤零零地站立在大河中央。

它原以为会有一根又一根的桥桩出现在大河上,并且与它一起托起一座大桥呢,可是等了一天又一天,也没有见到再有人来打桥桩。

它只好再一天一天地等下去。

这天夜里,它做了一个很大的梦,梦见大河里打了一根又一根高高的桥桩,满满一河,数都数不清,一群孩子从这根桥桩蹦到另一根桥桩;流水欢乐地在桥桩间打着漩涡,孩子们在桥桩上,令人眼花缭乱地穿梭着,一片欢声笑语。

它醒来了,大河还是那条大河,大河上还是只有它一根桥桩。

它终于知道了:从此,这大河上永远也不会有另一根桥桩了。

天上的星星不只是一颗,星星的周围都是星星。

空中的大雁不只是一只,长长的雁阵就像谁用笔在天幕上画了长长的一笔。

大地上的白杨不只是一棵，一棵又一棵，一直延伸到了遥远的天边。

大河中央，却只有一根桥桩。

这根桥桩原先是一棵大树，这年春天，从它的身上居然长出两三根细细的树枝，树枝上还长出几片瘦弱的叶片。

它不仅感到孤单，还觉得自己无用：一根桥桩，一根木头，能有什么用处！

想到这一点，叶子羞愧地耷拉了下来。

飞来了一只鹭鸶，落在了它上面。

桥桩很高兴，并感到了一丝安慰。

几片树叶摇摆着。

鹭鸶在它的身上磨着爪子、磨着嘴，它感到有点儿疼，但它满心喜欢。

后来，鹭鸶翘起屁股，喷出一股白色的粪便，把桥桩弄得脏兮兮的。

桥桩想对鹭鸶说："没关系，下场大雨，我就干干净净了。"

鹭鸶飞去了。

桥桩觉得在水面上飞翔的鹭鸶飞得很漂亮。

傍晚，一个捕鱼老人驾着一只小船来到了桥桩身边，将缆绳拴在了它身上。

知道老人今天要在这里过夜，桥桩满心喜欢，树叶不住地在风中摇摆着。

夜晚，捕鱼老人坐在船头，望着天空的星星，唱起歌来。

他的歌很悲凉。

桥桩默默地听着，树叶儿一动也不动。

老人一直唱到月亮沉落到远处的芦苇丛中。

灯熄了，老人歇了。大河一片安静。

桥桩在想：这是一个多么美好的夜晚啊！

河坡上，来了一个放羊的孩子。

羊群在河坡上吃草，孩子就坐在河坡上。

他默默地托着下巴，一动也不动。

他依然坐在那里，但过了一会儿开始用泥块或瓦片、石子砸桥桩。他一下子一下子地砸着，可是没有一次能够砸中桥桩。

桥桩很想将身子偏过去让他一下子砸中它，可是它只能纹丝不动地立在那里。

从此，这个放羊的孩子天天来到这里。来了，就默默地坐着，不说话，也不唱歌。

有时，也有其他孩子从河坡经过，但不知为什么，没有一个孩子理会他，就好像没有他这个人一样。

他坐下来后，就用泥块或瓦片、石子砸桥桩。

一下子，一下子……

哈，终于砸中啦！

桥桩虽然感到有点儿疼痛，但它心里却十分高兴。

树叶哗哗地响着，像是掌声。

不久，放羊的孩子可以做到百发百中了。

桥桩被砸得伤痕累累，但桥桩喜欢，喜欢能天天见到这个放羊的孩子，喜欢他不住地用泥土或瓦片、石子砸它，猛劲地砸它。

秋后，天天暴雨，大地和河流笼罩在茫茫的雨烟里。

放羊的孩子没有再出现在河坡上。

前 言
PREFACE

交通运输是人们生产和生活的重要基础和支撑条件，其发展水平是衡量社会进步的主要标志之一。从党的十九大提出建设交通强国，到党的二十大强调加快建设交通强国，是以习近平同志为核心的党中央做出的重大战略决策。

自古以来，以提速来缩短时空距离是交通永恒的追求。古人憧憬的"千里江陵一日还"早已照进现实，尤其是近年来，我国高铁、民航发展取得了举世瞩目的巨大成就。面向我国第二个百年奋斗目标，交通依然是发展的排头兵，届时我国国土空间体系将从"全面开花"的县域经济发展到"大国大城"的城市群经济新格局。瞄准"人民满意、保障有力、世界前列"的交通强国建设总目标，布局发展满足百姓出行需求、符合国土空间规划、具有国际领先水平的下一代更快速交通工具，是当下科技工作者的重要使命。

2019年，中共中央、国务院印发的《交通强国建设纲要》中提出"合理统筹安排低真空管（隧）道高速列车等技术储备研发"。为贯彻落实党中央要求，中国航天科工集团有限公司结合自身在超高速运载器、磁浮与电磁推进领域科技创新能力，系统性布局研发超高速低真空管道磁浮交通系统（简称高速飞车）。

高速飞车是利用磁浮与地面脱离接触消除摩擦阻力、利用内部接近真空的管道线路减少空气阻力和噪声、利用直线电机将动力系统外置获得更大载重，运行速度可达1000km/h的新一代交通运输设施装备。

高速飞车是一项兼具高技术、大规模属性的巨系统工程。基于安全性、经济性和技术先进性等交通运输系统的基本性能考虑，研究团队选择了超导电动悬浮制式作为高速飞车的主要技术路径。系统覆盖了超导、集成电路、新能源、自动控制、先进通信等众多前沿技术领域，涉及新基建、先进制造等传统产业转型升级，能够带动超导、新能源、地下空间等未来产业自主创新发展。高速飞车的工程化实施，将使我国在轨道交通领域持续保持国际领先，在全球科技格局的重组和创新生态的变革中占据主动。

高速飞车还是一项兼具多学科、紧耦合特征的复杂巨系统工程。研究团队遵照系统工程研制方法，按照"顶层需求分析、关键技术选型、总体指标论证、系统方案设计、关键孩子，被水流冲而去，一截树庄被冲翻了，浪花里翻滚着午、手。

一个孩子在洪水中挣扎着，随着洪水的翻滚，迅速地向这边漂流过来。

他惊恐的眼睛里出现了那根桥桩。

这孩子，这孩子……

是那个放羊的孩子！

他喉中大叫："抱住它！抱住它！……"

放羊的孩子在靠近桥桩的一刹那间，张开双臂，一下子抱住了它，然后爬上脚去。

一个巨浪打来，桥桩被连根拔起，倒在了水面上，溅起一大团水花。

孩子紧紧地抱着它，在浪花里穿梭着。

桥桩竟然不住地驶向岸边。

一个浪头过来，它将孩子送到了浅滩上。

孩子站在浅滩上，默默地注视着它渐渐远去。但看着看着，却再也分辨不出哪一根木头是它了。

它与它们一起在波浪中沉没、跳跃、忽隐忽显。

孩子忽然觉得它们像一条条大鱼在一起游向远方……

2008年4月24日夜于舟山息来海景酒店